文芸社セレクション

シニアの退屈日記

―日々を強く生きるために

千田 享

CHIDA Susumu

JN082982

文芸社

はじめに

数年前から、いわゆる団塊世代が定年を迎え、退職者の数が増えている。それと同時に亡くなっていく人々の数も増えている。戦中戦後の世代が寿命に達しているのだろう。定年から寿命を迎えるまで、いわゆるヒンズー教の「遊行期」なるものに相当する期間を如何に過ごすかは、シニア世代の大きな関心事だ。

定年を迎える人、迎えた人は、四〇年近く、あるいはもっと、働いてきたのだから生業（なりわい）に区切りをつけて休息することは必要なことだ。定年になって毎日あくせくする必要がなくなることは嬉しいことだが、これから先、何を目的にどう過ごすかを当然考えることになる。

それよりも、まだ年金を受給するまで何らかの収入が必要だという切羽つまった問題もある。やっと貰う年金さえ、かろうじて生活ができるかどうかという額。年金を期待していた者はその金額を見て愕然とする。

一方、現業を離れて外から社会を見るようになると、少子化が進むうえに働かない老齢世代ばかりが増えて、この国は一体どうなるのだろうという心配も持ち上がる。

景気がかろうじて上向きになろうかという状況になって、企業などでも、高齢社員が積み上げた知識や経験を続けて生かしてほしいと、退職後も形を変えて働く機会をつくるところも出ている。またシルバーボランティアとして、手仕事で社会の役に立とうとする人もいれば、ＮＧＯで社会問題や環境問題などに挑戦する人たち、ＪＩＣＡ（国際協力機関）でシニア海外ボランティアとして途上国のために働く人たちもいる。貴重な技術と経験を日本の社会や途上国に生かせることは素晴らしい。特に途上国で開発に協力することは大きな生きがいとなる。

一方、多くの人が仕事を離れ、「毎日が休日」の生活に入る。退職を契機に、これまでに温めていた夢や趣味に向けて動き出す人もいる。今までできなかったこと、やりたかったことをどう実現していくか、いろいろ考えることだろう。政府は一億総活性化などという掛け声をかけたが、何をどうするかは何もわからない。個人で考えるしかないということか。

一足先に引退した者として、自分の生活や考えをさらして、定年後を考える人、あるいはすでに定年後を過ごしている人たちと、心情や考えを分かち合うことは意味があるかと思う。日常の生活と活動を記録した日記から、大事な事柄や印象深い事柄を拾い上げ、考えることを書いてみたい。

ここで言いたいことは、定年が来たから終わり、ではないということである。生業（なりわい）のしがらみから解放され自由になった今こそ、シニアの社会経験、職業経験を世の中に活かして、充実した生活を過ごしてもらいたいと思う。同時に、日本という我々の社会を見直してほしい。

マネージメントの巨人と言われるピーター・F・ドラッカーが、「人の本性と、その社会における役割と位置づけについての理念が、社会を規定する」と言っている。

彼はエコノミック・アニマルなど社会の経済現象について言っているのだが、この言葉はそっくり国の成り立ち、国の顔のことを言い表しているように見える。すなわち、「国民一人ひとりの本性と、彼が社会における自分の立場と役割についてどう考えているかによって、国の形が決まる」と読み替えても差し支えないと思う。

だから、日本という国を、安全、公正で豊かな、しっかりした国にするには、国民一人ひとりがしっかりした自己をもち、社会のために考え、働くことが大事だということになる。

「長年働いてきたからもういいよ。これからはゆっくりしたい」というシニアの気持ちはもちろんわかるが、「後はどうでもいいよ」ではないのだ。

ここにきて日本は経済の低迷や社会の安全性の危機、少子化問題の現実化などの問題が相次いでいる。それに加えて、コロナの蔓延とロシアのウクライナ侵攻が世界と日本に大きな影響をもたらしている。日本も自分だけ、自分の国だけを考えているわけにいかなくなっている。

これらの課題を見ると、戦中戦後の厳しい時代を経験してきたシニアは、一人ひとりが問題を深く考え、必要な対応を社会や国に提案することが大事だと思う。一人ひとりの前向きな考えが国にとって大事なのだ。

現実はそうなのだが、シニアとしてそんなに気負うこともない。本書は日記を基に気楽に書いたものなので、暇つぶしに読んでもらいたいと思う。もし考えるところ、感じるところを見つけて頂ければそれだけで嬉しい。

筆　者

目次

1　シニアって何だ

1－1　退職者の居場所

平々凡々

齢をとるにつけ朝は早い。そして一日が過ぎるのも早い。

朝起きて階下に下りる。家族が起きていなければ自分でリビング・ルームのライトをつけ、台所のポットにコードを差す。寒い日はエアコンの暖房をつける。そして玄関に新聞を取りに行く。見出しを見て関心を引くニュースを読む。食事ができる間、TVのニュースを見る。

こういう決まり切った生活が続くと、そのうち自分がその日何をやろうとしていたのか、何をやればよいのかに気を留めることもなくなってくる。毎日の生活が惰性になり、生きがいを失い、何をやるかを考えることさえしなくなってくる。もう、そうなると「檻に寝そべるトラの如し」である。

新聞の見出しや論説などにざっと目を通したあと、庭に出て一服する。持ち出したカップから立ち昇るコーヒーの豊かな香り、朝の陽光を受けて光る木々の葉、その佇まいの中で、音もなく静かに過ぎる時間に、そこはかとなく至福の喜びが湧いてくる。これこそが退職者に与えられた大きな褒賞なのかもしれない。出勤に急ぐこともなく、約束に迫られることもなく、世俗を離れてゆったりと過ごすこの時間の何と素晴らしいことか。

半日を読書やメール連絡に過ごし、半日を散歩やスポーツ、庭掃除などに過ごす。誰もが羨むであろうゆったりしたいい生活ではないか。

と思うのだが、そんな日々も数カ月もすれば飽きてくる。一年もすれば完全な倦怠に陥ってしまう。

多忙な日々を過ごした時代には、待ちどおしかった週末だが、退職すれば毎日が日曜日となり、うかうかしていると週末であることさえ気づかないでいる。新聞の日付を見て、あっ、もう土曜日かと驚き、この一週間何をやったのかさえ思い出せないこともある。何もしない日々は驚くほど早く過ぎる。そしていとも簡単に無為の生活に陥ってしまう。

「それでいいんですよ、余生なんだから。あくせくしなくったって……」と言う人もいる。
「これからは身辺整理です。きれいに世の中とお別れする準備ですよ」と言う人もいる。

自分は人生のどこにいるか

五木寛之氏によれば、老後とは登ってきた人生の山を、如何に無事に下山するかだと言う。彼はまた著書『大河の一滴』の中で、古代インドの命の考え方を伝えている。それを自分なりに理解すると、次のようになる。

ヒンズー教の「マヌ法典」は人の社会的規範を示している。そこでは人の一生を学生期(がくしょうき)、家住期、林住期、遊行期に分けて考える。

現在の平均寿命で考えると、大体二五歳位までは学業の時期、すなわち、ものを学び、生業をもつための準備の時期で、これを学生期と呼ぶ。それから五〇歳くらいまでが、家庭を持ち、子供をつくり、仕事に励む人生の最盛期、すなわち家住期となる。それを過ぎると、徐々に自分のことや生業から離れ、社会奉仕の方向に向かう。それを林住期とし、さらに七五歳あたりになると遊行期となり、現世を離れ、悟りを求めて逍遥し、人生の終焉を迎える。

自分の一生、または広く人の一生を考えるとき、区切りをつけて過去をかえりみ、反省して目標を見直すことは大事なことだろう。中国の孔子も「三十にして立つ、四十にして惑わず、五十にして天命を知る」と人生に区切りをつけた。

物事に時間尺を当てることは、人が農耕を行い、暦をつくり、家を建てるときから始まったと言われる。人生を一つの尺度に当てることは、自分の存在と経緯を客観的に見る方法でもある。だが、自分がその尺度に縛られることになっては本末転倒である。

日本で例えば四〇〇年くらい前の江戸期、人口の大多数が農業に従事していた時代、平均寿命が五〇歳くらいの頃の人生と、職業が多様化し、生活が向上し、平均寿命が八〇歳を超える現在では、年齢の捉え方や感じ方が違ってくるのは当然と言える。昔の尺度が一概には当てはまらない。また同じ時代の中でも職業や生活が多様化することによって、個々の人生も考え方も多様化している。

だから皆が同じ尺度で考えることはできないのだが、生まれてから生きて老いて死んでいく、その「過程」は誰にもあって、自分が今その過程のどこにいるかをわきまえることは必要なことだろうと思う。

一方、人生を横に見て、自分は果たして世の中で出世したのか、平々凡々だったのか、あるいは失敗したのか、などと考えることもあるだろう。それは有名人であるか、金持ちなのかなどと同様に相対的なもので、他人の様々な視点とか印象にもよるから、一概に自分で決めることはできない。

やはり最も大事なことは、自分がやるべきことを、どこまでやれたか、ということと、自分なりにまああ幸せな人生であったと言えるかどうかであると思う。これから人生を終わるという時に、できなかったことを悔やんでも遅い。というのは現実かもしれないが、死ぬ間際までが人生だと思えばやるべきことはまだ誰にもある。

最後に「幸せだった」と思って去ることができるよう頑張っていくことだろう。人は幸せでなければ死ねないと思う。だから、それまでに自分の幸せを思い起こし、幸せな心を育み、幸せな心に包まれて去っていく。それがいいのだ。

1－2　シニアって何だ？

これから退職する人たちも、いろいろな意味でシニアと呼ばれることになるが、大体シニアとは何だろうか？

レストランや音楽会、あるいはゴルフ・クラブなどでシニアとして扱われることがあって、そういう時は少々嬉しくなる。その言葉には、積み上げてきた仕事や生活の経験に一種の敬意も込められているから、こちらもそれなりの態度や行動をとらなければならないことになる。

「シニア」とは本来の英語の意味では、ジュニアに対比されて、年長者、上級者を意味する。だからシニアと言っても決して「高齢者」を意味するわけではない。社会で言えば、これは全くの私見だが、一般に中堅より上のクラス、年齢でいえば五〇歳位以上の人を指すのではないだろうか。

ゴルフ界では伝統的に五〇歳以上をシニアと規定されていて、七〇歳以上はグランド・シニアと呼ぶ。ところが日本のプロゴルフ界では、五〇歳からシニア・トーナメントに参加できるのに対し、一般のプレーヤーに対しては、殆どのゴルフコースで六〇歳以上をシニアとして扱っている。

一方、ユニバーサルスタジオでは六五歳以上をシニアとしているのに、ディズニーランドではシニアの扱いさえ無いのはなぜか、などという別の質問も出てくる。

ＪＩＣＡ（国際協力機構）に、シニア海外ボランティアとして対外協力に参加する制度がある。この対象は四〇歳から六九歳まで。これは青年海外協力隊を三九歳までとしていたため、便宜上四〇歳以上をシニアとしている。

今は亡き俵萌子さんは一律定年制に反対で、人はいろいろで六〇歳、七〇歳を過ぎても元気な人がいるのに、一律六〇歳定年で辞めろと言うのはおかしいと主張していた。私の著書『我らシニア、マタハリの下で』の添え書きで、六九歳以上になっても元気で活躍できる人もいるのに、ＪＩＣＡや企業などの制度で一律に制限を設けていることに疑問があるとコメントしている。まさに重要な点だと思う。現に、個人を尊重するアメリカでは定年制はない。

ＪＩＣＡは行政レヴューを受けて、二〇一八年にシニアボランティアと青年協力隊をひっくるめて海外協力隊と称し、年令枠も外したが、六九歳の制限は変えていない。目的は事務の合理化だというが、実際には二つの活動の趣旨は変わらず、名前を変えたに過ぎないと言える。

最近では「シニア」の言葉の意味が変わってきた。シニアを単に高齢者ととらえるケースが多くなった。能力や健康は人によってまちまちなのに、それを一律に年齢で区切ろうとするところには問題がある。現にアメリカでは定年は憲法違反とされている。

行政上の必要性から、国の医療・福祉関係の法令・制度では、原則的に六五歳以上を「高齢者」、また六五歳以上七五歳未満を「前期高齢者」、七五歳以上を「後期高齢者」と区別している。ちなみに世界保健機関（ＷＨＯ）では六五歳以上を「高齢者」と定義している。いずれも便宜的な意味でしかない。

一方、雇用関係でいえば、「高年齢者雇用安定法」で四五歳以上を「中高年齢者」とし、五五歳以上を「高年齢者」と称している。また、道路交通法では七〇歳以上の免許更新者を「高齢者」とし、あらためて講習を受けることを定めている。

このように、「高齢者」の規定も「シニア」の概念もまちまちで、混乱を起こしているのが実情だ。

一九八〇年代初め、長寿国日本が世界で大いに注目をあびた。経済も発展し、海外から日本人の〈長寿〉が注目され、その秘訣は何かといろいろ詮索され、研究された。仕事柄私もそれに答えることが求められた。

それから四〇年経った今、その長寿のために日本は苦しんでいる。

六五歳以上のシニアが人口の三分の一近くを占め、医療費に介護費、そして年金と、高齢者への支出総額が増え続け、今や働く世代の二人で一人の老人を支えなければならなくなっている。

今のシニア世代は、戦後の復興から高度成長の時まで、それこそ一致団結してわき目もふらず仕事に邁進してきた。そして長い間、年金や福祉を支えるために給料の相当な部分を税金や保険料として納めてきた。ところが、その世代が今受け取る年金額が、とてもまともに生活できない金額なのである。

あれだけ営々と働いてきた世代が今受ける待遇がこれかと、シニアは大きな不満を持っている。破綻した制度は、さらに国の財政を組み入れても、将来退職する世代の生活を守ることもおぼつかない。好況時にざくざくと入っていた基金が適切に使われず、今になってこのありさまである。国民は官僚と政治家に騙されてきたのだとも言える。

この国を変える。そして誰もが希望を持てる国にする。そう言って新しい政党が政権を取っても、過去の政権が長期にわたって先延ばししてきた問題は一朝一夕に解決できるものではなかった。多少の改革は行ったものの、次の世代に大きなツケを回さざるを得ないのだ。特に長い不況の間、大幅な財政赤字がネックとなって、福祉をはじめ社会問題に根本的な対策がとれなくなっていた。

その後、新しい政権は大胆な金融緩和政策によって、円を大幅に下落させた。従来のように円安によって輸出を増やして企業利益を伸ばし、税収を増やそうとするのだが、すでに工場は海外に移転され、空洞化した産業界は輸出で稼げる状態にはない。一時的にも石油価格の国際マーケットが下落していたことは好都合だったが、消費者は安い為替レートのせいで、むしろ以前よりも高い光熱費を払わされている。それに加えてロシアのウクライナ侵攻とそれに対する経済制裁が原油や天然ガスの世界的高騰をもたらしている。生活の基本的経費の増大は特に年金生活者の暮らしを圧迫する。

大きな福祉費用を背負って働く若い世代も気の毒だが、もはや自分で収入を獲得できなくなった老齢世代にとって問題はより厳しい。加えて自分の健康も危うくなっている。夢より不安が多くなっているのだ。

だが、そんな世代でも、社会に対して何か役割を果たしたいと考える人が多い。人は自分なりの「生きがい」となるものを持たなければ他の動物とあまり変わることがない。その日一日何をやったか、生きがいに通じることをやったかを考えて、それがあれば元気が出るし、なければがっかりする。それが普通の健康なシニアの感じるところだろう。

そこでシニアに一体何ができるかを考えると、シニアの持つ長所がいくつか見えてくる。

第一に毎日生業にあくせくする必要がなく、十分な時間を持っている。そのため社会の事象を外から観察し、問題を考えることができる。また人生の長い経験から社会や人間の問題や悩みを理解して、解決の糸口となる助言や提言をすることができる。

退屈老人が見る世界から、現役の人たちが多忙な故に見落としていること、あるいは見過ごしていることを指摘して、働く人たちが問題に気づき、考えてくれることになればいいと思うことがある。シニアの暇つぶしも、何かの働きをするのではないかと期待するのだ。

1－3　年金生活者いろいろ

今日のテレビ番組で、生活保護の問題を議論していた。

通常の年金平均額が月六万円に対して、生活保護受給者に支払われる金額が一三万円だという。もし真面目に働いている若者が手にする給料が税金や保険料を差し引いて一三万円に満たなければ、働かないで生活保護を受けた方がよっぽど楽だということになる。しかし、まともな人間は人並みに仕事につき、苦労してでも自分で稼いだ金で生活したいと思う。社会のお世話にならないことが、せめてもの社会への貢献なのだ。

ところで、ほんとに不思議なのは、月数万円の年金で暮らすシニアはどうやって生活しているのだろうか。定年を過ぎて収入がなくなれば貯蓄を食いつぶすしかない。資金のある人は財形貯蓄などで得る多少の利益金を生活費にしているかもしれない。資金もない人はチラシを配る仕事をやったり、自転車置き場の管理人をやったりと、何とか収入を得て食いつなぐことに必死に違いない。

私が時々顔を出す飲み屋に、夕方殆ど毎日顔を出す元気な年配者がいた。一人は北海道の出身で動物の毛皮を扱う仕事をやっていた。それを止めて上京し、輸入の仕事を始めた。しかし間もなくバブル崩壊で状況が変わってしまった。その仕事を整理してからもう一〇年以上になるという。彼は今公営の自転車置き場の管理を仕事としている。それで得られる収入の一部が、この飲み屋での飲み代ないしは食事代になっている。彼の趣味は魚釣りくらい。たまの休日に、地方に釣りに出かける。

もう一人はどこかの会社で長く経理マンをやっていた。定年後は株式に投資して生活費を稼いでいたが、浮き沈みがあって投資信託に切り替えた。運用を信託会社に任せたのだ。そして今は競馬に凝っている。スポーツ紙を見てレースを研究し、手堅く掛ける。大きな損もしない代わりに大きな穴を当てることもない。時には飲み屋の主人や常連に頼まれて馬券を買いに行く。殆ど毎日が同じ行動の繰り返しである。

高齢者が働くこともなく、結構気楽に過ごしているのを見ると、毎日あくせく働いている世代は羨ましく思うだろう。しかし実際のシニアの生活は若者に羨ましがられる程のものではない。

ある老人は、若いときに気ままで仕事も続かず、結婚もしないまま齢を重ねることになり、九〇歳になっても杖をつきながら朝のゴミ出しをしていた。周りが手伝おうとするが、本人は気位をもっていて他人に頼ろうとしない。

ある住人は七〇代後半の夫婦。外出して経費が掛かるのを避けるためか、殆ど外に出ず、主人は朝から笛を吹いている。奥さんもピアノをぽろぽろやっている。近所が少々呆れるほどご執心なのだが、あまりうまくなる様子はない。しかしそれなりに気晴らしにはなっているのだろう。

こういう人たちもいる一方、先の飲み屋の仲間には月に二度はゴルフをやり、週末には女友だちなどを同伴してくる者もいた。奥さんが弁護士だから余裕があるのかもしれない。常連と活発に冗談を交わしながら豪快に呑む。他にも口の立つ年配者が揃っていて、話に素早く乗ってくる。そのウイットにはずんだ反応に他の客も大笑いする。常連の集まる酒場は特有の会話があって面白い。残念ながら、ゴルフの客は後に脳梗塞で倒れた。

生活の経済的背景は人によってまちまちのようだ。当然年金だけで生活できるわけはない。企業年金とかが無ければ、遺産とか資産の運用などで暮らしている。驚いた例は、本人はまだ三〇代半ばと見られる青年だが、しっかりした仕事もせず、親父の残した資産の運用で暮らしていることだ。

ある時、彼は私の横に来て、「親父がペナンに残したマンションがあるんです。3DKの小さい物件ですけど。自分は海外に行くこともないので売りたいんです」と言う。そして、どなたか買ってくれそうな人を教えて頂けませんかと訊くのだ。ああ、これがバブルの残したものか、と思いながら、現地にいる自分の知人を紹介した。

ただ、こうしてまがりなりにも健康で過ごす高齢者は、日本の医療保険制度が大きな助けになっていることは間違いない。あのアメリカでさえ、二〇一〇年にオバマ・ケアーと呼ばれる国民保険制度が議会を通過し、二〇一四年にやっとサービスを開始したことからすれば、日本はずっと進んでいる。負担は社会に重くのしかかるが、制度は上々なのだ。七〇歳以上は実際の医療費の二割、七五歳以上は一割の負担で済む。もし医療保険がなければ高額の医療費を払えず即刻生活破綻である。そして治療を受けられない人が続出し、大きな社会問題となるだろう。アメリカでは治療費が払えず自己破産するケースも多いと言う。日本は高齢者の医療費負担が少ないお蔭で、なけなしの年金額でも、何とか暮らすことができているのだ。

ところがこの医療保険料が最近相次いで増額されている。窓口負担も収入額によって二割にも三割にも増える。それに介護保険料の増額が輪をかける。日本の誇るべき医療保険制度も今なけなしの状態に陥ろうとしている。団塊世代が高齢者になりつつあり、保険料の見直しを余儀なくされているというが、単純な保険料増額だけでは解決にならないし、国民の理解が得られないだろう。

当局は実情調査をして合理化を図ることが求められている。飲みきれないほどの薬剤を処方したり、長期にわたる高額医療を続けるなど、医療と福祉分野で起こっている過剰サービスを見直すべきではないか。保険当局は実情調査をして合理化を図ることが必要だろう。昨年度、国の未使用予算が一四兆円もあったと伝えられる。国は、医療・保険予算を含めて、国家予算全体のより適切で厳正な配分と実施管理を行うべきである。

一方シニアも何とか健康で過ごすことに務めなければならない。健康でいることが、結果的に自分の大きな負担を減らし、消極的な意味でも、社会に重要な貢献をすることになる。それを認識すれば自分の健康に一層注意しなければならないことが分かる。

1－4　死んだら終わりか？

「人間、死んだらすべて終わりだよ」と言う人がいる。本当にそうなのか。

亡くなった人の生前の様子、対面して話したこと、書いたものに現れた考え、そういうものは家族や親戚や友人、それに仕事や趣味でかかわった多くの人々の心に残っているのではないか。だから一概に「死んだら終わり」とは言えないではないか、というのが私のかねてからの疑問である。

進化生物学という研究分野がある。地球上の生物は、発生以来、環境に適応して進化を遂げてきた。その進化を分子遺伝学や生態学などの学際的な研究で解明していくのが進化生物学だという。

最近のことだが、その進化生物学の本で、「ミーム」という言葉を初めて知った。ミーム（meme）とは英語でも聞きなれない言葉だが、オクスフォードの辞書によれば、「ある生体の一つ（member）から他の生体に伝えられていく生態（type of behavior）のこと」だと言う。進化生物学では、「脳内に保存され、他の脳へ複製が可能な、社会的・文化的な情報」のことを「ミーム」と呼ぶ。

人の振る舞いや会話、著作、教育、マスメディアなどによって、人間の社会的・文化的な情報は、一つの脳から他の脳へと、コピーされていく。それがミームである。生体内の遺伝情報の複製が生命の進化だとすると、文化的情報の複製は文化の進化なのだと言えるかもしれない。

これは英国の進化生物学の研究者リチャード・ドーキンス（一九四一～）によって提唱され名づけられた理論である。ミームの内容はまだよく定義されていないが、それを研究するミーム学なるものがあり、研究が続けられている。最近はインターネットを通じて広まる情報をインターネット・ミームと呼んだりするらしい。

「ミーム」なるものの研究を知って、今まで私の頭の中でもやもやしていたことがやっとはっきりしてきた。ドーキンスの提唱するミーム学は、まさに以前から私の頭の中にあったことを確認してくれたのだ。

ミームなるものは、死んだ後のことだけではなく、現在の社会の中で起こっている事象である。過去から現代へ続く思考や文化の移転に着眼し、それを研究してきた人間が私と同じ世代であることを知って、何か意を強くさせてくれる。

私の関心は死んだ人のその後に何があるかということである。

進化生物学でミームというものが一人の個人から他の人の脳内に移って生きていく、というのだから「死んだら終わり」ではないということを証明しているのだ。

自分が生きた証は、第一に家族があり子供があるという事実だが、次には自分がどこで誰と会い、何を話し何をやってきたかだ。一生のうちに数え切れない人たちと接触し、仕事をし、話し合って生きてきた。そこにはミームが生まれ、誰かに伝わっている。そして自分という実体が無くなったときも、過去のミームがどこかで生きているかもしれない。そのことにあらためて感慨を覚える。

ミームが残るか残らないかは、人々に如何にいい印象を与えたか、または強い影響を与えたかによる。驚きや心打つものが無ければ話題にもならないだろうし、次の世代に伝わることもないだろう。果たして自分は他人にインパクトを与えたことがあっただろうか。そう考えると、何か心細く思ってしまう。

自分の中に受け入れ、蓄積されたミームとなれば、幼い頃に母や祖父から受けたものが一番大きいかもしれない。母から受けたものは他人に対する思いやりである。自己を極めるための努力と信念、それを貫く頑固さなどは、早世した父よりも祖父から受け継いでいるかもしれない。学校の先生、大学の友人や教授、職場の上司などから受けたものも数知れない。

学業や仕事、人生の問題に悩んでいるときに、そういう人々から受けた言葉が特に印象深い。

「生きている時間を大切に」、「他人との繋がりを大事に」などというありきたりの言葉も、ミームの伝達を考えると、今までと違った意味を持ち、今まで以上に重要性をもってくる。

1－5　アメリカの退職者

敬老の日に合わせてか、NHK BS放送がアメリカのシニアたちの団体旅行を放送した。タイトルは「定年、夫婦で走った40日 - 中米縦断トレーラーの旅」。すでに視聴された人もあると思うが、状況を再現してみる。

参加者は五〇代から七〇代までの夫婦二五組、四九名。各々のカップルが運転するトレーラーが一団となって、アメリカから、メキシコ、エルサルバドル、グアテマラ、ラスパルマス、ホンジュラス、ニカラグア、コスタリカを越えてパナマに至る大旅行に出発する。

すべて定年退職したメンバーで、平均年齢は六九歳、男性はほとんどが七〇代。みな元気旺盛に見える面々だが、出発後、心臓の痛みがひどくてやむなくリタイアしたカップルがいたり、先妻の病死や夫との離婚を経て再婚したカップがいたり、必ずしも健康で完全な人生を過ごしてきた者ばかりではない。ツアーを先導するコンダクターもまたシニアで、常時無線で後方の車に情報を送り、連絡を取る。

一行がアメリカ南部を出発したのは一月一〇日。それから目的地まで、カメラはそれぞれの車の中の生活を撮って見せ、夫婦の会話を伝える。

新しく結婚した老年カップルは旅を通じて愛情を確かめ合う。運転する夫の手にそっと触れて話しかける妻が初々しく見える。

ある夫婦は、子育てと仕事に忙しくて顔もろくに見なかった時代を思い出す。

「子育ても生活も二人でチームを組んでやってきたわね」

と話す妻に、夫はハンドルを握りながら深く頷く。二人の表情には達成感とともに、信頼の絆が見えて頼もしい。

唯一の孤独な老人は、亡くなった妻との往時の旅の追憶に浸りながらドライブする。

「妻とはいい関係だった。二人でキャンピングカーを走らせた。彼女は病に倒れ、今はいない。ほんとに愛していたから、彼女の代わりになるような人は見つからないんだ。しかし、過去を振り返ってばかりいても仕方がない。余生を充分に楽しむことが、人生を全うすることだと思うよ」と彼は快活に話す。

別のカップルでは、

「いろいろあったけど今日までよくやってきたわね」

と話す妻に、ゆっくりと相槌を打つ夫の満足げな表情が視聴者をほのぼのとさせる。今でこそ振り返って〈幸せだった〉と言えても、過去には悩みや苦しみ、悲しみもあっただろうことが想像される。

こうしたいくつものエピソードを積んで旅の番組は進んでいく。ある時は強風に襲われて壊れた屋根のテントを修理したり、パンクやブレーキの故障を皆で助け合って修理する。年配者たちにとって厳しい旅だが、リーダーと仲間が協力し合い、一つひとつトラブルを解決しながら進んでいく。そして四〇日をかけてようやくパナマに到着する。

その達成感はかなり大きいと思うが、それ以上に大事なことは、シニアのカップルが新しい冒険の中で再認識する愛情であり、トラブルを解決していった自信だろうと思う。心打たれる言葉もあった。人生を何とか全うしてきた彼らシニアたちの自信と充実感を秘めた言葉だった。

そんな話を日本のシニアの視聴者はどんな気持ちで聞いていただろうか。自分の反省を含め、「夫婦協力してしっかりやってきたな」と言える家庭が日本にどれだけあるだろうか。

会話のない夫婦に親子、相手を理解できず、自分を相手に理解させることも不得手な子供たち、親をないがしろにし、祖母にまで手をかける子供などなど、仕事に追われてきた戦後世代が残したものは、家庭と社会の人間関係の破壊だったのではないかとさえ思える。今、やれ海外旅行だ、趣味の会だと、余生を楽しむ人が多いことは結構だが、今までそれに値することをしっかりやってきた人はどれだけいるだろうか。

今からでも遅くない。シニアは少しでも、家庭や社会を見直し、それを良くするように尽くすべきだろう。「もう齢だから」とか、「今さら社会に何か言っても……」などといって、自分の行動にブレーキをかけてはならないと思う。身体に無理をかけることはできないが、まだやれることがある。シニアだからこそできることがある。それを最後まで全うするのが人生だろうと思う。

2　シニアの暇つぶし

2－1　新聞を読む若者の会

大学の後輩が「○○新聞を読む会」を開くというので、日比谷公園の中にある日比谷図書文化館に出かけた。

小雨が降り風も強い。この齢で日比谷に出かけるのも少々億劫だが、関心を持った記事についてコメントし、新聞側からも応えて、皆で討議するという企画が面白そうなので、勇を鼓して出かけた。

集まったのは皆三〇代半ばまでの若い職業人、サラリーマンの男女。司会は新聞社かと思いきや、系列の調査会社の中堅幹部。コメンテーターの役が大学の後輩である。彼女は若手の中年だが、証券会社に勤務の後、国際協力銀行で働き、今独立して金融関係のセミナーや社員の訓練事業をやっている。

まず参加者各自が関心を持つ記事を選び、それについてコメントする方式で始まった。

医療関係に従事する女性は健康欄の糖尿病とＢＭＩの記事に関心を寄せ、大学でＩＴ機器と社会の関係を研究する学生はある大手スーパーが格安のスマホ販売に乗り出すという一面記事にコメントし、保険会社に勤める女性はロシアのクリミア併合に関する国際欄に関心を示し、半導体製造設備メーカーの財務担当は日本の経常収支が赤字を継続との経済記事について話す、というふうに関心と発言はいろいろな分野にわたっている。

私は殆どの記事に関心があるが、話題に取り上げたのは、新聞の「随想欄」が指摘する思想の退潮についてだ。

東大の大河内総長が、卒業する学生に対して「太った豚よりやせたソクラテスになれ」と言った有名な講演から五〇年が経ち、大学の改革が叫ばれるようになり、七〇年代初めには警察を導入しなければならない程の大紛争が起こった。しかし、八〇年代のバブル景気と九〇年代末からの長い景気低迷を経ると、学生の特権のように思われた〈思想〉が大きく退化していった。日本社会は思想的にただ混乱しただけで、大学にあった教養主義も過去のものとなり、日本社会は哲学的思索を忘れてしまった。「現在、〈思想〉は無残なほど退潮している」と編集者は警告している。

日々多様な事象と事件を追っている新聞だが、この随想欄のように、個々の事象を離れて社会を俯瞰する視点は重要だ。

若い世代の新聞離れが始まって久しい。こういう読書会に、数は多くないが、若者が集まることは頼もしい。

そこで、読者の中でどれだけの人がこの種の随想欄を読んでいるかを知るため、参加者に尋ねた。その結果は、わずかに司会者と後一、二名だけが読んでいると答え、殆どの参加者はたまに見るか、殆ど読んでいないことが分かった。

現役時代は確かに生業で忙しい。自分の仕事に関係のない記事を読む暇などないのかもしれない。いや、新聞も読まずスマホの短文を見ているだけかもしれない。しかし毎日、自分の仕事に関する事象だけを追うのではなく、社会全体を広い目や違った立場で見ることは大事なことである。随想欄はその意味で価値があると思う。

現場から離れた私たち世代は、現役と違って社会や国全体、また世界の動向に関心を向けることができる。社会の個々の事象にもまだ関心はもってはいるが、どちらかといえば社会を俯瞰的に見ることが多い。それが故に問題のありかや傾向、それに対する対策を考えることができるのではないかと思う。

政治家を第一として、社会の中堅はもちろん若い世代の人たちも、こまごました現場の状況だけに埋没することなく、こういう随想欄や論説を読むことによって社会や物事を広く見て、考えることが大事だと思う。私たちシニアも与えられた立場から考え、問題を社会に提起していくことが必要だと思う。

そういう場があれば、シニアたちも勇気をもって出ていくし、新聞も書籍も心して読むだろう。

2−2　テレビ番組のモニター

趣味の会クラブ・ウィルビーから、テレビ番組のモニターを依頼された。インターネットで送られた番組表の中で、自分が見たものについて数値で評価をするもの。比較的に簡単なものだが、それでも番組をいくつか見ていないと比較や評価が難しい。

ある紹介者があってこのクラブのメンバーになったのだが、趣味と教養を求める中年の集まりで、なかなか嗜好もよい。作家を囲んで文学の話をしたり、陶芸や茶道の会をやったり、鎌倉の寺で座禅を組んだりと、盛り沢山な活動をしている。数年前はテレビコメンテーターの天野祐吉さんと共催する隠居大学なるものに参加して、『思考の整理学』の外山滋比古さん、パロディー画の横尾忠則さん、『老人力』の赤瀬川原平さん、詩人の谷川俊太郎さん、画家の安野光雅さんなど著名な作家や画家の話を聴き懇談した。昨年はクラブから依頼されて、「シニアがパソコンをどう使っているか」について、ハードとソフトメーカーとの懇談会で話したこともある。

今回依頼されたTV番組のモニターとは、一週間のうちの各局のニュース、報道番組、ドラマなどを内容によって五段階の評価を行うものだ。番組すべてを見ているわけではないから評価できないものも当然あるが、見たものについて内容を評価すればよいことになっている。より厳密には、同様の他局の番組なども見ていないと比較することは難しいが、視聴して興味を持ったか、面白かったかを点数で評価すればよいので、ある意味で気楽なものだ。

この調査のいいところは視聴率を問うものではないこと。視聴率は、TV局の番組制作のためというよりスポンサーを獲得するために重要なのだろうが、視聴率にこだわって逆に番組の低俗化が起こるのが通例だ。その点、内容に対する反応調査は、どう視聴されたかが分かって意味がある。

ところが、いろいろとやることの多い生活の中で、流れては消えていく番組を捉まえ、内容を記録しコメントすることは結構難しく、ついつい回答できないまま過ごしてしまう。そこで私は、普段から意識している問題をまとめて伝えることにした。

少々言いたい放題のところがあるが、次のようなコメントだ。

1.エンターテインメント性のない番組は止めよ。

タレント（才能）の有無を疑うような、いわゆる芸のない芸人が集まってガヤガヤやる番組には、多くの視聴者がうんざりしている。演出のための十分な自己研鑽もしないディレクターたちが、視聴者をエンターテインする（楽しませる）だけの才能も持たないタレントを駆り出して時間潰しするところに、視聴者を軽視したプロダクションの甘さと、業界とTV局の馴れ合いがあるように見える。

2.タレントの有名度で番組つくりをするな。

ドラマ番組に有名タレントを使うことによって、その視聴率を上げようとするのは間違いである。配役はあくまで番組の目指すところに適切な人材か否かで判断すべきだ。タレントでも中には演劇の才能を持ち、役者として好演する人もいるだろうが、役者として専門的に研究と訓練を重ねてきた人材とは比べものにならない。

3．ドラマはもっと脚本に重点を置け。

ドラマの面白さは、脚本がしっかりしているか否かに半分以上かかっている。最近のドラマは見ていて引きずり込まれるものが殆どない。話題になった韓国ドラマは「冬のソナタ」や「宮廷女官チャングムの誓い」などのように、ストーリーに聴衆を引き付けるものがある。日本では「半沢直樹」がめずらしく脚本と演技が相まって視聴者の評判となった。制作者は脚本を重視して、作家に十分な経費をつぎ込んで競させ、鼓舞すべきだ。

4．ニュース、報道番組はもっと掘り下げて伝えよ。

事件や事象がなぜ起こったのかを掘り下げるのがジャーナリズムの使命である筈だ。5W1Hはジャーナリズムの基本である。中でもWHY（なぜ）を追求するのはジャーナリズムの重要な使命。そこから社会の反省や対策への方向が生まれる。ところが現実の報道では、事件の表面や付帯的なことをこまごまと伝えることに終始して、背景や原因を調べて伝える姿勢が非常に弱い。なぜ起こったのか、原因を探って伝えることが大事だ。

また、悪いニュースを繰り返し伝えることが、社会に与える影響も考えるべきだ。悪いニュースを流したら同じ数だけの良いニュースも伝えるべきだと思う。

5．ノンフィクション、ドキュメンタリーが面白い。

ＢＢＣ世界のドキュメンタリーやＮＨＫアーカイブスなどは、世界の問題や特定の人物や事象について取材し、それに対する関係者のコメントをつけ、問題を掘り下げている。知らない裏情報などを含んでいて面白い。番組に引き込まれて「事実は小説より奇なり」と再認識することもある。また「温故知新」で、歴史から現在を考えさせられることも多い。こういう番組は深夜に近い時間帯に放送されるが、もっと多くの人が視聴できる時間帯に放送すべきではないか。

6．美しい世界、楽しい世界、好奇心を呼ぶ世界を伝えよ。

「ユネスコ世界遺産」「新日本紀行」「グレートネイチャー」「自然百景」「水紀行」などは、素晴らしい自然の風景や動植物の生態、人の営みが、美しい画像で伝えられる。カメラマンのセンスと撮影技術、それと忍耐と努力によって、普段見ることのできない美しい画像や珍しいシーンが届けられる。

視聴者が求めているものは、日常世界のつくりもの（ドラマやエンターテインメント番組）だけではないのだ。

7．番組を壊すコマーシャル挿入を止めよ。

最近は番組の最中に断りなく突然コマーシャルが入ることが常態になってしまった。番組の続きかと見ている視聴者はだまされた気分になる。無礼で傍若無人なコマーシャル挿入のやり方は視聴者の反感を買い、チャンネルを変えられてしまうだけだ。スポンサーとＴＶ局の品格を落とすだけでなく、日本社会の品格を落としていることを認識すべきだ。

厳しいコメントかもしれないが、多くの視聴者が感じている放送への怒りだと思う。クラブ・ウィルビーがこれをＴＶ局にどう伝えたか分からないが、番組編成の担当者などと懇談する機会でもつくってくれれば面白いと思う。

2－3　音楽の楽しみ

曲を聴く楽しみ

若者の例に漏れず、私も学生時代から音楽の虜になった。

しかし第一の関心は、専らオーケストラによる古典の交響曲だった。バッハ、ベートーベン、ブラームス、チャイコフスキー等々、兄からの影響もあってクラシックの交響曲を本当にいろいろ聴きあさった。ビートルズからはじまったギターやドラムをバックにするポップスはずっと後の事。

私が中学生の頃、大学にいた長兄が夏休みで帰ってくると、本堂（自分の家は寺）に大型スピーカーを備え付け、かなりの音量でクラシック曲を聴いていた。コンサート・ホールにいる気分で私も一緒にレコードを聴いた。クラシック曲を本気で聴いたのがこの頃である。ジャケットを見たり、兄の話を聞いて曲やオーケストラ、作曲家や演奏家を知るようになった。

特に印象に残るのはベートーベンの交響曲第5番「運命」、それにドヴォルザークの交響曲第9番「新世界より」、チャイコフスキーのバイオリン協奏曲二長調などである。

ジンと心の奥に沁み渡る壮大な響きとメロディーに心を動かされた。

京都で浪人していた頃の一つの慰みは、丸山公園にある野外音楽堂で、市の音楽隊が定期的に開く市民コンサートだった。ポピュラーなクラシック曲が中心だったが、いきいきと空中に広がる響きに本当に心が洗われた。

大学に入って、布団や机の次に買ったのはステレオ・セットである。最初そんな金は無かったので懸命にアルバイトをやった。やっと購入できたのが日本ビクター製のレコードプレーヤー。アンプやスピーカーが一体となった中型器である。初めてプレーヤーから飛び出した素晴らしい音色に心が躍った。そして数多くのクラシックやポップスに聴き入ることになった。レコードだけでなく、時には友人を誘って、中之島の朝日会館に出かけた。著名オーケストラや指揮者のコンサートを会場で聴いたときは、本当に心が躍った。演奏される楽器のハーモニーが、まるで生きているかのように客席の隅ずみまで伝わってきた。

今も懐かしいのは、一九六七年からＦＭ東京で始まった音楽番組「ＪＡＬジェット・ストリーム」である。その頃私は大学を卒業して念願のＪＡＬに入ったのだが、封建的とも言える社風になじめず、商社に転向していた。会社から帰宅し、一日の終わりにベッドに横たわって聴いた「ジェット・ストリーム」はまさに憩いの時間だった。社風とまるでちがって、自由で豊かな世界である。ジェット機の離陸音に続いてフランク・プゥルセル楽団の演奏するタイトル・ミュージック、「ミスター・ロンリー」がゆっくりと流れて、異次元の世界に引き込まれるように耳を傾けた。城達也のナレーションとともに送られてくるポップ・ミュージックの数々は、未だ知らぬ海外への夢を掻き立てた。

マントヴァーニ・オーケストラやヘンリー・マンシーニと彼のオーケストラ、ポール・モーリア・グランド・オーケストラ等々の音楽グループが演奏する美しいポップ・ミュージックの数々は素晴らしく、夢見る心地で聴いていた。

そういう音楽の蓄積が、今、自分で曲を作るもととなっているのだろうか。

自分の曲をつくる

キーボードなるものをはじめて触ったのはフィージーにいたときである。

一九九〇年代初めから、国連機関の南太平洋事務所に転任したのだが、その地域ではまだ電話やファックス通信が主流で、インターネットは殆ど回線がなかった。検索システムもなく、情報へのアクセスは限られていて、現代社会との間に大きな断絶があった。文化的僻地とも言える国だから、音楽キーボードなどに触れる者はプロを除けば殆どいなかった。

日本の援助によるフィージー医学校研究棟の建設で、中野さんという一級建築士が働いていた。彼は日本人だがブラジルに居住して仕事をしている。

彼が帰国するとき、「キーボードを置いて行きます。よかったら使って下さい」と、わざわざわが家に持ってきてくれた。こちらが戸惑っていると、「家具をサンパウロまで送るのは大変なので処分しています。代金など要らないのでどうぞ使って下さい」と言う。

ひょっとして子供が興味を持つかと思って貰ったのだが、自分で触ってみると案外簡単で面白い。メロディーを弾いてそれに合った伴奏のコードを押すと自動的に演奏してくれる。ハーモニーを作るには各音階とそれに合ったコードを押さえなければならないが、それを探すのも面白い。あれこれやるうちに、それらしい曲ができた。これは面白いと興に乗って、それからキーボードを独り占めするようになった。

学生時代に、アメリカの学生との合同キャンプで、彼らがアコーディオンやギターを自由自在に演奏するのを見て驚いたことがある。自分もそんなにできればとうらやましかったのだが、このキーボードを使うと結構簡単にそれができる。アコーディオンだってギターだって大抵の楽器の音を出せる。三味線の音もあるが、ペンペンという短い音調ではさすがにポップスを弾くのは難しいが、いろんな曲を音質を変えスタイルを変えて弾くことが出来る。ただ、一つの曲を全くミスなしに弾くのは相当難しい。完ぺきにやろうとすると緊張が走り、どこかでキーを押し間違えてしまう。何度もやってやっと完成するが、その時間量は大いなるもの。六〇に近い手習いは大変なのだ。

それでもいくつかの曲が弾けるようになった。そのうち既成の曲では飽き足らなくなって、自分で曲を作るようになった。キーボードに入っているコードやイントロ

（前奏）を触っていると自然に新しいメロディーが生まれたりする。

フィージーから帰国して四年ほど日本で活動し、今度はＪＩＣＡのシニア海外ボランティアとしてマレーシアに赴任した。現地にいる時間も日本にいる時間も、仕事の合間に気分転換にと、暇を見ては作曲を続けた。音符もろくに読めないのだから、作曲などと言うのはおこがましいが、曲そのものがデジタル・データとして残る。

クアラルンプールに赴任する時には、より多くの機能が付いた新しい機種を持って行った。キーボードも次々と性能の高いモデルが出て、現在では四台目である。そしてできた曲は数十曲になる。元気で爽快なものもあるが、総じて哀愁と苦悩に満ちた曲が多い。

世の中の曲を聴いても悲しいものが多い。言うに言われぬ人生の苦しみや哀しみ。それが曲となって流れるのだ。フォークであれロックであれ、歌謡曲であれ、世の中で歌われるものの多くが人生の哀愁である。

わざわざマレーシアまでキーボードを持参した理由は、現地で誰かと合作で曲をつくり、歌詞をつけて現地の歌手に歌ってもらいたい、そうすれば目に見えた文化交流になるのではという思いがあったからだ。

しかし自分で曲は作ったものの、果たして他の人が聴いてくれるものだろうかと、他人に聴かせることに躊躇していたところに、ちょうどシニア・ボランティアの仕事で、現地の国立交響楽団を指導する太田さんと知り合うことになった。仕事の打ち合わせのついでに自分が曲を作っていることを話した。

「へー、それは面白い。そんなことされているんですか」と驚くオオタさんに、

「いや、曲と言えるものか、ど素人の作品ですけどね」と苦笑いすると、

「いや、ぜひ聴きたいですね」と彼は真顔で言う。

わが家に招いてキーボードに録音した曲を恐る恐る聴いてもらった。

すると何と言うことか、二、三曲を聴いたオオタさんは、

「素晴らしいですよ。これを自分で作られたんですか」

と、驚いた表情を浮かべながら続けて聴いている。そして、楽譜はあるんですかと言う。楽譜は日本にいる息子がソフトを使って楽譜にして送ってくれた。

楽譜を見ながらいくつかの曲を聴くと、太田さんは、

「面白いですよ。今度うちの学生に編曲をやらせてみますよ」と言う。

そういうことで、私の曲は彼の指導する国立芸術学院の音楽部の一つの教材になったのだ。

ある日、芸術学院を訪れ、音楽部の教室でピアノに向かう女生徒とフルートを持つ太田さんの演奏を聴いた。ピアノの重低音の響きの上でフルートの軽やかなメロディーが躍った。私は自分の曲が他人の手の中で、違った音質で、違った感覚で演奏されるのを聴いて大いに興奮した。

太田さんはマレーシアの国立交響楽団（ＮＳＯ）の演奏曲として、アンコールの際に演奏することも考えてくれた。マレーシアで唯一、交響曲を作れる作曲家が彼のカウンターパートである芸術学院音学部長のラムラン氏である。彼も私のＭＤを聴いて関心を持ち、やってみようとなったのだが、彼があまりに多忙で、残念ながら私の任期中には実現に至らなかった。

もともとはポップスとして誰かマレーシアの歌手が唄ってくれればと思っていたから、交響曲などやり過ぎだと言うことなのだが……。

自分の曲をCDに

日本に帰ってから、比較的自信のある曲をヤマハのシニア・インストラクターに頼んで編曲と演奏をしてもらった。それをMDプレーヤーに録音、それをPCにつなぎ、DTM音楽ソフトを使って自分で再編集し、一〇曲をCDにした。

それらの曲には、フィージーでキーボードを触っているうちに初めてできた「引き潮（エッブタイド）」がある。

海の引き潮のように、恋い焦がれた二人の愛もいつか引き潮とともに去っていくという悲哀を連想したもの。自分が聴いても何と悲しい曲かと思う。ある友人はこれを聴いて自分の告別式に使わせてほしいと言った。それはよいが、私の先に使われては困る。

もう一つの曲は「遠く来た道（アイブカム・ア・ロングウェイ）」。

南太平洋の夜の砂浜で、広大な星の広がりを眺めながら、過去を思う曲。これまでに過ごしてきた人生の様々な喜びと苦しみ、過ぎ去った時を思う曲である。波の音にゆったりしたハワイアン・ギターが漂う。

その他、「朝の陽光」「勿忘草（わすれなぐさ）」「エンジェルフィッシュ」「風に吹かれて」「散歩道」などシンガポール滞在中の思い出も入れている。それらの曲をまとめて『南の海から』とタイトルをつけたものが前述のCDである。
日本に帰国したとき、空から眺めた懐かしい祖国。岸を打つ白波や緑の山々、そそり立つ富士を眺めて湧き出した曲が、「わが祖国（マイホームランド）」である。これは別のCDに入れる。

つたない曲だが、大学OB会の会合などで皆に披露し、好感を受けて、ファンもできている。楽しみは何といっても就寝時にベッドで自分の曲を聴きながら眠ることだ。編曲と演奏をしてくれたヤマハのインストラクター、西村さんも「それは素晴らしいですね。最高の贅沢ですよ」と羨ましがる。

音楽を楽しむ最もいい方法は、自分で歌うなり、楽器で弾いてみる、あるいは自分で新しい曲を作ってみることだと思う。

ブラジルの中野さん

ところで昔キーボードを置いていってくれた中野さんとの間が音信不通である。彼が働いたフィージー医学校は、南太平洋の医学教育の中心となっていて、日本の支援による研究棟の完成とともに、附属病院はＭＲＩを含む最新の医療機器を備えることになり、南太平洋地域の医療技術の向上に役立っている。

後に東海大学医学部が進めるテレメディシンや衛生教育の人材育成の案件で出張したとき、医学校の往時の関係者と再会した。そのとき当然話題となったのは中野さんの動向である。医学校の工事が問題を抱えながらも何とか完了したのは、彼の真面目さと忍耐があったからに他ならない。

ところが、彼はどうしているかと訊かれて返事ができない。非常に残念なのだが、フィージーから帰国後、彼との連絡が取れないでいる。

彼の息子エリオは、私の息子たちと一緒にフィージー・インターナショナル・スクールに通っていた。ブラジルへの帰国の途中、日本にも立ち寄りわが家を訪れた。家では留守役の妻が彼を歓待し、子供たちは彼を新宿の都庁の展望階などに案内した。それから後、彼らとの連絡が途絶えてしまったのだ。お互いに引っ越しや仕事でがたがたしているうちに、連絡先を無くしてしまったらしい。先方からの音信もない。

私は「あなたのキーボードのお蔭で、今こんな曲を作っていますよ」、と連絡したいのだが、残念ながらそれもできない。

ブラジルでは汚職や政争で政治がしっかりしない。そして今新型コロナの凄まじい蔓延で窮地に落ちいっている。フィージーにいる頃、エリオは「自分は将来ブラジルの大統領になって国を変えるんだ」と言っていた。今その彼はどうしているのか、ブラジルの現状を彼はどう考えているのか、大いに気になるところである。真面目で熱意ある日系の人材こそ、こういう国で生かされるべきだと思うのだが、汚職で乱れた政情は簡単に変わらない。

エリオのような若者が活躍し、その国を変えていくためには、もっと多くの日本人が移住して協働することが必要かもしれない。その日本は今や少子化の中にあるのだが……。

2-4　東京の阿波踊り

妻と息子とともに高円寺の阿波踊りを見物に行った。
高円寺は私の住む荻窪からJR中央線で二つ先、中野や新宿に出るときしょっちゅう通る駅なのに、街に降りることは案外少ない。高円寺の阿波踊りも徳島の踊りに次いで、大いに賑わっていると聞いているが今まで見たことがない。

事の始まりは家族が誕生会で集まったとき。突然次男の妻、祐子が今年の阿波踊りに出場すると言うので、皆びっくり。それも翌日からとのこと。聞くと地元の中村橋新連を主宰する知人から誘われて断れなくなったらしい。でも本音は以前から一度やってみたいと思っていたのだ。すでに今年の開催に合わせて三カ月も練習をしていると言う。

どちらかと言えばおとなしく控えめの彼女がよくもまあ、と、皆はあっけにとられていた。心おどる阿波踊りの軽快さは誰もが経験してみたいとは思うが、自分で踊り手のなかに飛び込んで挑戦する彼女の勇気に皆が驚かされたのだ。その意気をかって、皆で踊りを見物に行くことにした。

今年は例年にない天候異変。連日の猛暑が台風とともに蒸し暑さがきたかと思うと、それからいきなり梅雨のような空に突入した。時には肌寒い。今日も時おり霧雨が降る。それでも阿波踊りの見物人はぞくぞく集まってくる。高円寺駅が近づくにつれ電車が混み、駅に着いたらホームから改札口、広場までがごった返す人の波。駅員やボランティアが声を上げて流れを整理している。

「駅前に純情横丁があるから、その入り口で会おう」

と予め息子と連絡していたが、近づいてみるとそこは人の渦。何と、踊りの行列のルートになっているため、両側は垣根のような人だかり。とても近寄れず、人を探すどころではない。

携帯で連絡を取ろうとするが、踊りの太鼓や掛け声で話もできない。傘をたたんで近くの店に入り込み、スマホを抱えて大声で話すと何とか通じて、目印を決めてそこで落ち合うことにした。

やっとのことで合流すると、そこから人だかりを避けて裏道を通り、駅の南口に出た。息子はスマホで、踊り連の現在地点をチェックしている。祐子の踊る連は今、北口から南の中央演舞場に向かっているらしい。

ジェームズ・ボンドの映画まがいに、妻の手を引っ張り、人の群れをかき分けてその辺りに近づくと一層の人だかり。ちょうど二つの連が繋がって出るらしく、ハヤシの音が凄い。連打する太鼓の響きが腹に伝わる。鉦と笛の軽快なテンポに心が浮きうきする。しかし立っているところからは殆ど何も見えない。

我々はさらに南に下って、踊りの出発点に来た。空気で膨らませた大きな半円形のパイプのゲートがあって、丁度その前の歩道の生垣部分が、人が少なく見通しがよかった。

いくつかの連が数珠つなぎに順番を待っている。笛と太鼓のグループがゲートの前に出て、道の両側にたむろする。太鼓には雨除けのビニール。

順番が来ると、ライトに照らされた一団が、ハヤシとともに次々と出ていく。ビニールの上から叩く太鼓もかなりの音量だ。

しばらくして祐子の加わる中村橋新連が出た。雨上がりの路面をものともせず、足袋と下駄の一団が通過していく。空に向かった編み笠の列。顎にきりりと締めた赤い紐、笠に隠れた踊り手の顔、出発とともにそれらが華やかに移動する。肩を茜色に染めた白地の衣装がライトに照らされて艶やかに躍る。白足袋の列は調子を合わせて軽やかに踊っていく。

賑やかなハヤシの合間に掛け声がかかる。

「踊～るアホ～ウに、見るアホ～ウ、同じアホなら踊らにゃソン、ソン」

踊りとハヤシと掛け声の三つのテンポが絶妙に合って、観衆の心を一層浮きうきさせる。誰が言い出したのか、いつから始まったのか分からないが、掛け声の言葉も言い得て妙である。

感動とともにその一団を見送って、一応の義理も果たしたので、我々は裏道をたどって駅の方角に向かった。そろそろ夕食の時間である。食事をしてから帰路につくつもりなのだが、どこも人であふれていて食事する場所の見当もつかない。裏筋を歩くこと七、八分、やっと人ごみから外れた所に、飲み屋の看板を見つけた。涼み台で休憩席がつくってある。

ビールを頼み、一杯やりながら店の姉さんやお客と会話を交わした。

「大変な人ごみで、商売繁盛だね」と言うと、年増の女性が顔を半分しかめて、

「いいえー、踊りはいいけど有難迷惑なんですよ。お客が来なくて」と言う。

意外なことだが、祭りは準備中から交通規制をされて、場所によってはお客が敬遠してしまうらしい。それに屋台などが出ればそちらにお客を取られてしまう。

「なるほどね。観光地ではよく起こることだよね。リオのカーニバルとか……だけどこのイベントで街自体が賑わうんだからいいでしょ。我慢だね」

と言ったが、イベントを商売に生かせる店とそうでない店があることを知って少々意外だった。通常の商売や生活を荒らされて困る気持ちも分かるが、こういう観光イベントのある街では避けられない事柄だ。

この祭りに参加する阿波踊り連は、時に他の地域にも出張して踊るらしい。海外に遠征する予定もあるという。

わが会の理事の一人が長く英語の先生をやり、「米澤メソッド」とよぶ小学生用の教育方法を編み出した。それを「おとなの思い出し英語」として社会人にも教えている。当会でその普及を支援しているが、聞くと、阿波踊り連から頼まれて踊り手の人たちにも教えることになったという。オリンピックもあり、使える英語を覚えたいというのだ。踊り手さんたちのバイタリティーには感心する。彼女たちのコミュニケーションは踊りと会話で海外にまで広まろうとしている。

2-5　サハラ砂漠のドライブ

砂漠のノスタルジー

これも暇つぶしの一つかもしれないが、今日の新聞の「寸評」欄が、昔、若き日にドライブしたサハラ砂漠を、久しぶりに思い出させてくれた。

記事は、その文章の筆者が古本屋で見つけたという雑誌『小学三年生』（昭和二九年）の文章、〈さばくのたいしょう〉を紹介している。

〈アフリカにはサハラさばくがあります。

人びとは、暑さに強く水や食べ物を少ししか食べないラクダににもつをつんで、たびをします。このひとたちのことを、たいしょうといいます。〉

小学三年生で習う漢字がどこまでか知らないが、かなりの漢字を習っているはずなのに、「にもつ」とか「たびをする」、「いいます」など、すべて平仮名で書くことに疑問を感じる。現に、にもつの物（もつ）は食べ物の物で習っている。

寸評が言うことは、この「たいしょう」の意味が分からず、しばし悩んだということ。「たいしょう」と読んで出てくるのは大将、はてなぜ？　と思ったという。我々戦中、戦後派には、砂漠と言えば「隊商」はすぐに浮かぶが、昭和も過ぎ平成になるとこうなるかと驚き、書いた記者はどの世代なのかと推測してしまう。

もう一つ、寸評の文章で首をかしげることがある。「美しい工芸品や絹をラクダに積み、ピラミッドの麓を進んでいく……。小さな（子供の）頭の中に果てしなく想像が広がったに違いない」と、書いているのだが、運ぶ物に少々違和感をもった。

サハラ砂漠の隊商が運ぶものは岩塩やデーツの実、絨毯など生活につながるもので、工芸品は少ないだろう。ましてや絹ではない。これらの文物はシルクロードの隊商が運んだものだ。そしてシルクロードの隊商だとすればピラミッドの麓を行くことはないだろうし、サハラを旅することもない。ゴビ砂漠かどこかと混同している。

「月の砂漠」という童謡がある。金と銀の鞍に乗って王子と姫が月の砂漠を行くという歌。これはあくまで幻想の世界であって、現実の世界ではない。作者の想像で作り上げた詩だから、夢やノスタルジーは込められていても、現実とは違う。このことを、それとなく子供たちに教えることは大事なのではないかと思う。

要するに寸評子が指摘するところは、全国学力テストの結果を公表するか否かという問題で、各地の教育委員会の対応が異なるが、少々成績の優劣に敏感過ぎはしないかということ。「たいしょう」の意味が分かった途端、子供の想像が広がるように、たとえ失点からでも、勉強の面白さを子供たちに気づかせることが大事だということを言おうとしているのだが、肝心の隊商を混同したままでは説得力が薄れてしまう。

ちなみに昭和四〇年代初め、商社マンが次々とアルジェリアや中近東に赴任した時代、銀座や場末の酒場で「カスバの女」という歌謡曲が流行っていた。その歌詞に、

「……

ここは地の果てアルジェリヤ、

どうせカスバの夜に咲く

酒場の女のうす情け」

とか、「外人部隊の白い服」とか歌われていた。

日本から見ると地の果てかもしれないが、アルジェリアは地中海に面した北アフリカの中央部にある美しい国である。フランスの植民地というよりフランス国アルジェリア県としてフランスが経営に力を入れていた広大な地域である。首都アルジェーの街は、パリの一区画をそのまま持ち込んだような瀟洒な佇まいで、立派な都会である。とても地の果てとは言えない。

カスバは丘の上に広がる市街地の中ほどを占める旧市街で、敵の襲来を防ぐ迷路でできている。そんなカスバに女性が働くクラブなどはなかったと思う。もっと海側に開けた新市街には、レストランもありバーもあり、クラブもあった。などなど、この歌の思い違いのところがいろいろある。

アルジェリアの七年半に及ぶ独立戦争で、フランスは外国人の傭兵隊まで使って戦ったから、外人部隊が歌われるのは間違いではないだろう。

しかし、どこからか指摘されたのか、後に作詞者は現地も知らずに勝手な空想で作ってしまったことを釈明した。

この例のように、歌の歌詞は必ずしも現実を歌うわけではない。皆の知っている言葉から郷愁なり哀愁のイメージを作ろうとするのだ。だが、アルジェリアが地の果てではないように、あまりに現実と違った表現をすると違和感を持たれてしまう。

砂漠のドライブ

前に触れたように、「サハラ砂漠」の文字を見て久しぶりに若き日に仲間と旅した砂漠の光景を思い出した。

事の始まりはアルジェーに駐在中の一九七〇年初め、国営石油公社との間で初めてサハラ石油の対日輸入契約をした時のことである。

サハラの石油は硫黄分の少ない良質のオイルで、各国で引っ張りだこだから値が高い。それにアルジェリアから日本へ輸入するには輸送コストも高く、採算に合わない恐れがあった。しかし一方で、日本はアルジェリアへの繊維品や機械類、プラントの輸出で輸出額が増え続け、相手国から貿易バランスを問題にされていた。だからサハラの石油を輸入することは、貿易バランスを改善するために適切な解決策だった。そこでわが社は国内の民族系石油会社と提携して輸入に踏み切った。厳しい交渉の末に石油公社と輸入契約を締結した。

このとき、この機会に石油の産出現場を見に行こうという話になった。同僚の宇野君とともにサハラ砂漠中部のハシ・メサウッド油田まで車でドライブすることにした。往復二〇〇〇キロの砂漠のドライブは少々危険の伴う冒険でもあった。これを二日半で完走する計画である。石油公社から案内の申し出もあったが、自分たち自身で旅をし、砂漠を体験したいと思った。

車はプジョーの中型車で耐久性はある。これに予備ガソリンと水、食料、防寒具（砂漠の夜は冷え込みが厳しい）を積み込み、同僚と交代で運転することにして出発した。

アルジェリアの海岸から南に二〇〇〇キロ程下がったところには、モロッコからアルジェリア、チュニジアに連なるアトラス山脈がある。それを南に越えると、しばらくは土漠が続き、一〇〇キロほど走ると、やっと写真や映画で見る砂丘になる。昼間の温度は四〇度以上に達し、車の冷房は殆ど効かない。窓を開ければ熱風が入り込み、数分も耐えられない。眼前には炎熱の空気がめらめらと揺らめき、遠くに蜃気楼が現れる。地平線上に浮かぶオアシスの影は、追っても追ってもたどり着かない。

そのうち、いつの間にか天空の高いところに雲が現れ、雲間から太陽の光が数条の帯となって降り注いでいた。雲を通して斜めに射す光は、まさに神の啓示を表す宗教画のように、静かで厳粛な世界をなしていた。

何時間も走ると、窓に置いた自分の腕が火傷のように真っ赤になっていく。

砂漠の道路には危険な落とし穴がある。

砂丘の大きな起伏によって、車が上っているのか下っているのか、平地なのかがよく分からず、上り詰めた所で道路が切れたように見え、一瞬先を見失うことがある。頂上部分から先が必ずしも直線ではなく、左右どちらかに曲がっていたりする。高速で走っている車はこの突然の変化に応じきれずに砂の中に突っ込み横転してしまう。実は二年ほど前にある大学の探検隊がこの砂丘のトリックで大きな事故を起こした。

慎重に高速ドライブを続けている間に、陽が傾き夕刻の気配になる。

延々と走行するうちに、突然砂漠に広い谷間が開け、見下ろす眼下に、砂丘で囲まれた平地が見えた。オアシスの街である。あちこちにデーツ椰子の林があり、水が流れ、土のレンガの家々が散在する。これがラクダの隊商が行き交う砂漠の中継地、ガルダイアである。

我々は車を停めてホテルを探した。アルジェーからは現地の状況も分からず、ホテルの予約もできない。やっと部屋が取れて休息。ホテルの周りには何頭ものラクダが繋がれ、その間を青い布で顔を覆ったベルベル族の商人が行き来する。

夕食にはラクダのステーキを注文した。しかし出てきた肉は硬いこと硬いこと、クツの革底である。何とか噛みしめて味わおうとするが、歯では無理。ナイフで切り刻んで飲み込んだ。

翌日、町を散策すると女たちが水辺で洗濯をしている。近くの椰子の陰に土産物店らしきものを見つけた。入り口の地べたに放り出されたいくつもの石の塊(かたまり)があった。拾い上げて見るとピンクがかった薄茶の結晶体が、まるでバラの花弁のように重なり合ってキラキラ光っている。

「ああ、これですよ。ローズ・ド・サーブル」と宇野君も石を取って眺めていると、店主が出てきて説明した。

日中の太陽の熱に焼き付けられ、夜の氷点下の冷気に冷やされ、溶けた砂が再結晶する。これを繰り返すうちに、徐々にバラの形を作っていくのだと言う。

この地に住む種族は、生活ではベルベル語だが、我々外国人にはフランス語で話す。こんな砂漠の地、それこそ地の果てだが、フランス語が通じることに驚く。一八八〇年代から始まる植民地時代に、フランスの言語教育は徹底して行われてきた。


ゆっくり休んでから昼前にガルダイアの街を出た。

そこからハシ・メサウッドまでの道は相変わらず砂漠の中の直線である。

再び延々と車を飛ばし続けると、太陽が傾いてくる。なお走り続けるうちに、太陽は地平線に没し、辺りは素晴らしい青色の世界になった。車内の温度計が見る見る下がり、空気はどんどん冷えていく。慌てて冷房を止める。そのうちに青い空が紺色となり、暗がりとなって、車の中が一段と冷えていく。

走り続けるうちに、やがて遠くに油田の炎が見えてきた。車はそれを目指して進む。時には道路上の砂にめり込み車のコントロールを失う。タイヤを掘り起こし、バックと前進を繰り返し、悪戦苦闘して本道を進み、現場に着いたのは夜も遅くなってからだった。

登りスロープに車を停めると、広大な夜空がフロントガラスに広がった。

無数の星々がダイヤをばら撒いたように、遠く近くに輝いている。まさに二人は宇宙に抛り出された宇宙飛行士の感覚である。アメリカのアポロ11号が月面着陸したのは前年の事。アルジェーの街でもバーにたむろする白いターバンの男たちが、息を呑んでテレビの画面を見つめていた。そして世界で初めて月面に降り立った宇宙飛行士、アームストロングの「これは一人の人間にとっては小さな一歩だが、人類にとっては偉大な一歩だ」という言葉を聞いた。砂漠の国の民として、人間が月面にいることに驚きながらも、月に見える砂漠に一種の親しみを持ったのではないだろうか。

車外に出て見上げると、星群は途方もなく広大な距離に散らばり、遠く近くに、まるで浮かんでいるように静止している。その広大な空間は今まで見たこともない世界だった。近い星群は房のように垂れ、手を伸ばせば掴めるかと思う高さにある。この無限の世界に立ち尽くしていると、地上にいることを忘れ、空間と時間の感覚を失い、思考さえ変えさせる力を感じる。

再び車に戻ると暖房をかけ、毛布で膝をくるみ寒さをしのぐ。それでも、走行すると外気の冷たさは足元から膝にかけて押し寄せる。

いよいよ車が油井の間近に来た。夜空に燃え上がる炎は車を照らし、熱気は車に浸透して車内の我々まで暖める勢いである。その炎の力は、今思い起こしても力強く、頼もしく、懐かしく思える。地球のエネルギーの強力な働き、その強さとともに、今、若き日の冒険心が鮮やかに蘇（よみがえ）ってくる。

3　隣国とのつきあい

３－１　隣国とどうつきあうか

仲間との懇談

ＪＩＣＡ東京のオフィスでわが会、海外協力ＮＧＯの理事会を開いた。その後、いつものように近くのカフェで、仲間とよもやま話をする。皆の話を聞いていると、高齢者と言われる歳になってもまだまだ元気がある。しかし日本の現状と行く末の話になると座が静まり、皆が心配していることがわかる。

話題の一つは中国の対日政策についてだ。ちょうど中国、桂林の工科大学で働くわが会のメンバー沖中さんが一時帰国しているので、皆の質問は彼に向かった。

「どうですか？　やはり抗日デモの後、関係がむつかしくなっていますか？」という仲間に、

「ええ、やっぱり比較的静かな桂林でも、官庁の態度が少し変わってきているように思いますね。日本人との接触を避ける気配がありますよ。地方の機関でも共産党員が

必ずいて、本部から行動方針とか何か言われているのではないかと思いますね」という返事。皆は「やっぱり」と、複雑な表情を浮かべる。

私は尖閣諸島の所属について、日中正常化交渉の時の話をした。

一九七二年九月に、日中国交回復のため田中角栄首相が訪中し、毛沢東主席を見舞ったとき、主席は彼に、

「中国と充分喧嘩をしましたか」と訊ねたという。

尖閣諸島を含む諸問題に決着をつけたかという質問だろう。実際、国交正常化交渉では尖閣問題がネックとなっていたため、日中双方の交渉責任者は暗黙に尖閣には触れないことに合意したのだ。このことを記録した大平外相の日記が後に公表されている。

「尖閣諸島を国有化したのは民主党の野田政権の時だったよね。中国に何も言わずにやったのは良くないね」と仲間の一人も外交宣伝のまずさを指摘する。

「そう。国有化するについて、日本は領有する理由を世界にはっきりと説明すべきだったよ」と、仲間が同意する。

もう一ついまだに引っかかっているのが靖国神社の問題だ。中国の周恩来首相は「中国の人民も日本の国民も軍国主義の犠牲者だった」という発言をしている。言い換えれば日本人全体が悪いのではない、侵略戦争を起こし、残虐行為を行った軍部が悪いのだということ。そう理解しようと日本に助け船を出したわけだが、日本は鈍感だった。政府はその機会をとらえて戦争責任を明確化して過去のごたごたに決着をつけるべきだったと思う。そのけじめをつけなければ、これからも相手国の恨みの感情は抑えられないだろう。

隣国との対応

別の日に自宅の近くの飲み屋で、常連の仲間とこの話をしていた時、一緒に飲んでいたタウン誌「荻窪百点」の編集長が、

「ぜひその話を書いてくださいよ」と即座に言った。

「最近の世代は、特に若い世代は戦中、戦後のことを殆ど知らないから」

確かに時代が移れば昔のことは忘れられていく。都合の悪いことでも必要なことは伝えておかなければならないと思う。日本が忘れても、相手国は戦争中の残虐行為は忘れることがないから、今後も係争の種になるだろう。

その時日本がどう対応し主張するのか。それには過去の経緯を認識していることが大事である。国の発言は国民の発言でなければならない。強い交渉のためには、政府や外務省の直接の担当者だけではなく、国民の声が圧力とならなければならない。ということで、編集長の依頼に応じて、どこから来るかもしれぬ批判を覚悟で、次のような一文を書いた。対中関係に加えて、韓国とのことも含めて書いている。

「隣国とうまくやるために」

韓国と中国はお隣さんだというのに、相変わらずうまくいっていません。首相の靖国神社参拝が直接的なきっかけになっていますが、問題は深いです。大体隣国との関係がトゲトゲしている時に首相は敢えて参拝すべきでしょうか。

首相は「国の代表として、祖国のために命を捧げた人たちを慰霊するのは当然。不戦を誓っての祈りです」と説明していますが、その戦いを仕掛けたのは日本側ではなかったか。そのために相手国は多大の犠牲を払わされたわけで、その人たちの感情はどうなるのでしょうか。首相はそれを忖度して、少なくとも近隣国の犠牲者に対して一言触れるべきであると思います。

戦後、ドイツと日本は戦争国として、国際社会で種々の圧力を受けましたが、ドイツは自らの戦時の行動を徹底的に追及して陳謝し、現在では関係国から過去のことをあまり問題にされなくなっています。それに対して、日本だけが未だに隣国から歴史認識を迫られ、嫌がらせのような反日運動に曝されています。ドイツの場合、戦争はヒットラー率いるナチスが起こしたものであり、国民はその犠牲者なのだとして、戦争責任を明確に区別しています。また国民自体が、犠牲を及ぼした国や民族に対して真摯な反省を表してきました。日本は戦争責任が曖昧にされているため、いまだに国民全体が責任を免れていません。

中国とは尖閣諸島の問題があります。

一九七二年に、日中国交回復のため田中角栄首相が訪中したとき、毛沢東主席は「中国と充分喧嘩をしましたか」と彼に尋ねています。後に禍根を残さないよう諸問題に決着をつけてほしいということです。しかし実際には尖閣問題がネックとなっていたため、これを棚上げしないことには事態は進展しないと判断し、日中交渉責任者は秘かに、尖閣には触れないことで了解したようです。実際、棚上げを示す大平外相のマル秘メモが後に公表されています。

また、一九七八年に訪日した鄧小平も尖閣諸島について、「われわれは知恵が足りない。次の世代は賢くなるでしょう」と言って本論を避けたということです。日本側はあまり注目しなかったようですが、中国にとって尖閣問題は未解決だという考えです。

それが突然、二〇一二年の日本による国有化です。それまでに中国側の侵犯行動がいろいろありましたが、日本側の国有化には中国が大きなショックを受けたことは想像できます。

日本政府は「尖閣が日本領土であることは既成の事実」と主張しますが、それならなぜ日中国交再開のとき、またその後の紛争のとき一貫してそのことを主張してこなかったのか、矛盾があります。また国有化の折にも、日本政府はその正当性を世界に向けて明確に説明すべきであったと思います。

韓国とは従軍慰安婦の問題があります。韓国はアメリカ州議会まで動かして、これを人権問題化していますが、日本がこの補償を何もしていないかと言えば、すでに日韓交渉のなかで解決済みであり、その後の被害者の補償要求に対しても、民間の基金をつくって支援を行ってきたわけです。それを再び国家の問題として先鋭化させていることは、韓国政府として誠意ある態度とは言えないのではないかと思います。

従来から軍隊の進駐するところ、どこでも同様の問題があったと言われます。裏社会でそういうことが一般的であった時代を、人権意識が高まった現在の常識で批判するのは少々おかしいのではないかと言えます。日本も世界もその違いを認識すべきだと思います。

日本兵の残虐さが繰り返し訴えられますが、戦争の現場が残虐であることは今でも変わりません。戦争は人間を狂気にします。

一方、韓国の一部国民の根強い反日感情が、韓国政府の政策を歪めていることがあります。イ・ミョンバク大統領は六歳まで日本で育ったことから、日韓の相互理解が深まるのではないかと思われ、政府間でも前向きな関係を期待されましたが、そうはなりませんでした。韓国では政治家の言動や政策に少しでも親日的なところがあると、反対勢力から強い非難を浴びます。長く中国や日本に占領された韓国の歴史から生まれた「恨(ハン)」の感情が、適切な政策を実施しようとする政府の試みをしばしば妨げてきました。パク・クネ大統領も、日韓交渉を強行した大統領を父にもつこともあって、同じ状況におかれることを恐れてきました。

日本国民一般は、韓国併合とそれに関わる戦いを深く反省し、仲良くしようと努力しているわけです。その気持ちが韓流ブームにも繋がっているわけですが、韓国自身がそれを壊すような対外活動をやっています。歴史認識などに関する日本政府の対応が適切かどうかは問われるところですが、同じ先進民主国として、韓国政府はいつまでも常套的な反日の言動を繰り返すのではなく、もう少し大人気のある態度をとることができないものでしょうか。事態改善のために大変重要なことだと考えます。またこれから両国の若い世代の人たちが、若者文化の自由な交流と、前向きな発想によって、事態を変えてくれることを心から期待したいと思います。（本文、筆者）

＊中国（中華人民共和国）が国連のメンバーとなったのは一九七一年一〇月。それまでは中華民国（台湾）が中国を代表していた。台湾が国連を脱退せざるをえなくなって、国連は中華人民共和国の加盟を認め、かつそれまで台湾が維持していた常任理事国の席を中国が占めることになった。尖閣問題はちょうどその時期、国連の海底資源の調査が実施されたことをにらんで、中国が領有を主張し始めた。

3－2　国の立場をはっきりさせよ

いよいよ世の中から引退し、安穏に暮らすべきこの歳になっても、私の心には何か憂いがまといついて気が晴れない。いろいろとその原因を考えるが、日本が置かれている立場に情けなさを感じることが一つの原因かもしれない。日本がこれから世界の中で堂々とやっていけるかどうかが心配である。近隣国との関係さえよくない。韓国ピョンチャンで開催された冬季オリンピックで、金メダル確実と期待された選手が次々に失敗している。日韓関係のまずさが選手たちに影響していないとは言えないのではないか。若い世代が国際舞台でのびのびと活躍できる環境をつくることは政府と国民の大事な仕事だ。

今日の新聞が外交について、めずらしく大事なことを書いている。

今まで日本は情報だだ漏れの国だと言われてきたが、やっと情報漏えいの問題に気づき、特定秘密保護法を制定することになった。

この法律について解説者が指摘することは、「秘密を洩らさないのは『必要条件』にすぎない。それに加えて、日本と情報を共有することが国益にかなうと相手国から判断される国になることが『十分条件』だ。日本独自の情報を見返りに供給する。与えられた情報に高度な分析を加える。日米でそんなギブ・アンド・テイクの関係構築が欠かせない」ということだ。

ギブ・アンド・テイクの原則はビジネスだけでなく、外交上でも大事な要件だと思う。相手国の立場を考えず、自国の利益だけを主張していては、どの国とも問題の解決を得ることはできないだろう。交渉には相手国にも得るものを見せることが必要だ。そしてウイン・ウインの関係を作って初めて外交交渉も成立する。

もし、どうしてもそれが難しければ、「肉を切らせて、骨を切る」ことも考えなければならない。領土問題しかり、TPP関税交渉しかり。こちらの主張を飲ませるために自分の肉を切らせることも必要だろう。その判断を行うのが政治家の使命だ。官僚だけの交渉では解決は難しい。

外交関係で根本的な問題は、世界の平和構築のためにアメリカとどういう関係をつくり、どういう形で協力していくかである。日本とアメリカとの関係は一九五二年にサンフランシスコで調印された日米平和条約によって成り立ち、軍事的にもアメリカの核の傘に入っている。

また日本は共産主義国に対する壁の一部となって米軍に基地を提供してきた。この主体性を欠く弱い立場のために、日本は平和維持のためとは言え、今まで独自の立場と意見を表示することができていない。

国連の場で討議される核拡散防止条約や軍事に関する問題についても、日本はアメリカの立場を忖度して常に筋の通らない態度を取り、主張すべき発言を行っていない。

例えば、核兵器禁止条約には、世界で初めて原爆を投下され大きな被害を受けた国として、はっきりと禁止に賛成の立場を表明すべきところだが、国連総会では投票を欠席するという曖昧な形をとった。原爆被害国にも拘わらず、立場を明確に表示しない日本に対して世界から疑問と不信の声が上がっている。

政府ははっきりと日本の立場を内外に表明すべきである。すなわちアメリカに協力するということと日本の基本的な立場は別の事と考えるべきである。

基本的な立場として日本は核兵器の製造と使用に反対するが、地域の安全保障上で必要と考えられる場合は、同盟国の政策と軍事行為に追随するという矛盾の中で、理想と現実に苦悩していることを世界に赤裸々に知らせるべきだと思う。日本の抱えるジレンマを対外的にはっきり表明することによってこそ、日本に対する世界の理解が得られ、信頼も得ることができるのだと思う。

3－3　台湾を救え

昨年アメリカのペロシ下院議長が突然台湾を訪問した。下院議長が訪台するのは二五年ぶりだという。

これまでアメリカは台湾問題に深入りしない態度だったが、ここにきて国会議長を送るとはどういうことか。台湾の安全は地域の安全であるとの発言は以前から公にしていたが、国家の代表者が訪問して会談を行うことは、アメリカが本格的に台湾に肩入れすることを示している。中国はこれに対して、台湾海峡に大群の飛行部隊を展開して米台関係の接近を警戒している。

日本は、アメリカの主導で日米韓の防衛体制を強化し、中国の拡大志向に対抗する方向に進んでいるが、地域の安全は微妙なバランスの上にあり、台湾問題を含めてうまく処理しないと、戦争になりかねない。日本は中国との間で尖閣諸島の問題で難しい関係にあるが、少なくとも中国の力による現状変更だけは阻止しなければならない。

今、ウクライナにおけるロシアの現状を見て、中国は台湾をどうするかを慎重に検討しているに違いないが、中国も戦争は避けたいというのが本音だと思う。一方、中国は「台湾は中国の一部」だと主張しているが、ほんとうにそうなのか、という疑問もある。

台湾の成立と現状までの流れを見ると、中国本土の共産主義革命に対する欧米のご都合主義的な対応に左右されてきた。

台湾と澎湖島地域は、日清講和条約が結ばれた一八九五年以来、日本が統治し終戦まで五〇年間、現地の人々と共に開発してきた。だから、日本のシニア世代の台湾に対する思い入れは強い。日本が統治するまでは清国の地だったが、ほぼ未開の状態で清はこれをもてあましていたという。

日本による統治が始まり、道路、水道、電気などのインフラを整備、学校教育の整備や保健対策も実施された。農業を含むいろいろな分野で開発が行われ、農業ダムの建設と灌漑システムの構築はコメや野菜の増産に貢献した。これらの事業や制度は、今でも台湾の人々に感謝されている。

大戦中、本土の国民党と共産党が闘争を続け、終戦後、蒋介石の国民党が敗北して台湾地域に南下し、中華民国として台湾を統治した。しかしこれは中国全土の統合を目指す中華民国の臨時政府のようなもので、目標は本土を奪還して、全中国を統治する中華民国を建設することだった。

蒋介石の台湾は、第二次大戦の勝利に貢献したとして欧米から評価され、全中国を代表する国として国連創設のメンバーにも招かれた。そして安全保障理事会の常任理事国にもなった。だが国民党の念願である本土制圧は何もできていない。

中国と日本の間では、一九七二年の日中国交回復の共同宣言から一九七八年の日中平和友好条約の締結までに終戦処理が討議されたが、同時に台湾をどう扱うかが大きな問題であった。中華人民共和国は一九七一年に、国連での決議により、台湾の中華民国に代わって中国の代表となり、台湾は追放されたから、国民党との抗争は国連組織の上では決着したと言える。

一方日本は一九五二年にサンフランシスコ平和条約を締結した後、台湾を中国と認める米国の理解のもとに、台湾との間で日華平和条約を締結した。このことは、すでに一九四七年に成立していた中国共産党の中華人民共和国との間に齟齬をきたすことになり、中国との間では、取り決めのない不正常な状態が続いた。

前述のように、一九七二年以降、台湾を含む諸問題が議論され、一九七八年に日中平和友好条約が締結されたのだが、この時日本は日華平和条約の消滅を公にした。これによって、日本の台湾に対する立場が表明されたことになる。

長年日本と良好な関係を続けてきた台湾が、このような形で切られたことは、台湾にとって堪え難いことではなかったかと思う。

しかし日華平和条約が切れたからと言って、台湾が中国の一部であるという主張を裏付けるものではないだろう。

敗戦によって日本が放棄した台湾はどこに所属するのか。日本が譲渡を受けた相手は清国だが、もうその国は存在しない。戦後台湾を占拠したのは、本土共産党と敵対する国民党であり、共産党の中華人民共和国は一度も台湾を統治したことがない。

　中華人民共和国は、国連に働きかけ、台湾のステータスをひっくり返して、自分たちこそが中国を代表するものだとして、台湾を追放した。この頃から台湾を中国の一部だと主張し始め、無理やり関係国に呑ませてきたという経緯がある。

　このとき日本は国連に対し「二つの中国」を提案したが、賛同する国が少なく総会決議に持ち込むまでに至らなかったという。追放された台湾は以来国連のメンバーとはなっていない。


　台湾の独立を主張する李登輝が一九九六年、初めての国民投票で台湾の総督となった時、中国は台湾沖でミサイルを発射して台湾を威嚇した。この時、アメリカは空母二隻を含む機動部隊を出動させて中国の侵攻を防いだ。しかし中国はその後も拡大主義の動きを変えず、軍事力を増大していて、いつか武力で台湾を併合するのではないかという恐れを関係国に抱かせている。

　ただ、ロシアのウクライナでの苦戦と、侵攻が世界経済に与えている状況を目の当たりにして、中国は今どう考えているか。戦争による併合は得策ではないと考えているかもしれない。

そもそも中国は何をもって台湾は中国の一部だと言うのか、依って立つ明確で正当な理由がなければ、併合する権利はないのではないか。それよりも、今まで両国は現状のままで相当な経済交流を維持してきたのだから、中国は領土に固執するより、両者の正当な外交関係を取り決めて、経済交流に専念する方が得策ではではないかということである。戦闘は膨大な破壊を生み、多数の人命を失う。ただ面子を保つためだけに、そこまでやるべきなのか。

実利的に物事を判断する中国は、どこかの国のようにプロパガンダや面子で戦うことの無意味さを充分わかっていると思う。膨大な破壊の後に小さな島国を領有してどういうメリットがあるのか。台湾は中国の一部という主張を止め、平和な関係をつくることが大事ではないか。党にとっては大きな問題なのかもしれないが、国民はどうか。リーダーの「君子豹変」ということもあり得るのではないかと期待する。

3－4　プーチンの「修身」

誘いを受けて東京外国語大学のオープンハウスに出かけた。
大阪と東京、東西の国立外国語大学はスポーツの対抗戦や文化祭などで交流を行ってきたが、卒業生の間でも講演会その他のイベントで交流が行われている。創立一〇〇年を超える大阪外国語大学は、国の都合で六年前に大阪大学と合併した。それからも学生間とＯＢ会の間の交流は切れることなく続いている。

多磨霊園に近いキャンパスは、悠々とした敷地にレンガ色の校舎や付属施設が配置され、落ち着いた雰囲気がある。高いプラタナスの樹から舞い降りた枯葉が広場を覆いつくしていた。

オープニングだというのに参観者も行き来する学生の数も少なく、ちょっと拍子抜けの感じだったが、講演が行われるマルチメディア・センターの講義棟、階段教室にはすでに七、八〇名の聴衆が集まっていた。多くは年配の大学ＯＢだが中堅教授陣もいる。世話係で動く生徒たちの他は、学生らしき者が少ないのが少々気にかかる。

今日の講演は昭和三八年に同大学ロシア語科を卒業し、NHKモスクワ特派員、支局長などを務めた小林和男氏だ。大学は違うが同期の卒業生だと知って何か親しみがわく。長身に黒のブレザーを着こなし赤いネクタイをしめ、颯爽と現れた講演者は、精悍な顔つきで年齢を感じさせない。

彼の話は一時間半にわたったが、話を要約するとこうだ。

本人の大いなる謙遜だが、大学では落ちこぼれに近い成績だった。NHKに採用されたのもたまたま、最若手でモスクワ支局に派遣されたのもたまたまだったという。意気込んで赴任したが自分でも驚くほど言葉が通じない。モスクワ支局長が心配して、現地生まれで現地育ちの息子を彼の話し相手にさせた。

「おじちゃんは偉いのに、なぜロシア語をちょっとしか話さないの？」

と子供に言われてギャフン。それから彼は会話の訓練に励んだ。言葉を目から学んだ者に、耳から取り入れた子供の言葉は有効だったと思われる。

しかしその時、子供がなぜ自分を偉い人と思ったかと考えて、自分はいつもネクタイをしているが、ロシアでは一般にネクタイをする者は殆どいないことに気づいた。ネクタイをしているのは政財界のトップくらいだけ。だから一般に、ネクタイをしている人は偉い人に違いないと思われるのだ。

彼は、このことをある重要人物に会うために利用した。公用車をピカピカに磨かせ、運転手にも正装させて、小林氏が空港から出るところをうやうやしく迎えさせた。車はそのまま警備兵の立つゲートを抜けてＶＩＰラウンジに侵入し、目的の高官に接触することに易々と成功した。

厳重な警備兵のチェックを受けることなく通過できたのは、ネクタイをし、堂々とふるまったからだと言う。言論統制あり身辺監視あり、人が厳しく管理されているように見えるロシアでも、意外に抜け道があることに気づいたのだ。

こうして彼はゴルバチョフ大統領にも会い、シュワルナゼ外相にも会って当時のソ連の対外政策の本心を聞き取ることができた。ゴルバチョフは東西の融和のためにサッチャー首相はじめ欧米の首脳と会談を続けていたが、それはソ連のためだけでなく世界の安定に必要なのだとゴルバチョフは語気を強めて話したという。

そこで小林氏が、

「あなたは青年のような理想と情熱をおもちですね」と言ったところ、ゴルバチョフは「フン」と鼻を鳴らしただけで、ニコリともしなかった。

そんなことより、今、世界平和のために東西融和の大事な働きをやっているのだ。それを注目してくれ、と彼は言いたかったに違いない。


後に、日本に帰国した小林氏は、プーチン大統領に会うためにも工作をやった。まず駐日ロシア大使と懇意になり一緒にスキーに出かけた。そしてウォッカとキャビアで交歓する間に、プーチン大統領へのインタヴューのアレンジを頼み込んだ。数カ月も経って、殆ど忘れかけていたとき、夜中に大使から電話が掛かってきた。

「今からでも間に合いますか。あさって大統領が会うというのだけど」

小林氏は一瞬驚いたが、躊躇はなかった。「もちろんです。間に合わせます」と言うと、急きょ身支度をし、手続きを取ってモスクワに飛んだ。

大統領官邸で待たされること数時間。そのあげく、大統領は公邸の方で会うと連絡があり、そちらにまわって待つこと一時間。やっと現れたプーチンだが、彼は旧友に会うような親しみを見せて近づいてきた。仕事から趣味のことまで、小林氏のことは駐日大使から報告されていたから、何か共通の趣味も見つけたに違いない。広い公邸の庭を背を向けて密談しながら歩く二人の政治家のような写真を聴衆に見せながら、小林氏はその時話していたのは実はスキーのことだったと白状した。駐日大使もプーチンもスキーはやるし、公邸の道路がまさにスキーのスラロームに最適だったのだ。

そんな話に打ち解けて居室に入ったが、プーチンがまず彼に見せたものは、アジア人らしき人物の銅像である。これは誰だと思うか、と訊かれたが小林氏は即答できない。

「ジゴロウ・カノウですよ」と言われてハッと気がついたが、後の祭りだった。プーチンが柔道をやっていることやオリンピック優勝者、山下泰裕と懇意であることから、すぐに嘉納治五郎の名は出るはずだ。記者としてそれくらいのことは推測すべきだった。それに加えて、会談室に入る時、小林氏は銅像の前を素通りしたのに対し、プーチン氏は身を正して像に一礼したのだ。自分は日本人として恥ずかしいことをしてしまったと小林氏は後悔する。

プーチン氏とのインタヴューを申し込むとき、目的は政治問題ではなく彼の人間像を知ることだとしていたので、会談が和やかな雰囲気だったのはそのためだろうと言う。

プーチン氏は幼少の頃の話をし、自分は一三歳まで不良だったと告白した。柔道を身につけたいと思ったのは、強い相手に勝つためだったという。しかし柔道を始めて教えられたことは、自分の考えは間違いだったということ。彼は講道館で柔道の精神を教えられたのだ。そして自分が変わったという。

「柔道の根本は何だと思う?」とプーチンが訊いたが小林氏は即答できない。

プーチンは「シュウシンです」と言って、指で漢字をなぞり「修身」と書き、その意味を説明したと言う。

小林氏は二度にわたって恥をかくことになったのだが、柔道の本質を学び、自分の生き方に活かそうとしているプーチンの態度は素晴らしい、というのが彼の話だった。

もしプーチンがそこまで日本精神を理解しているとするなら、日本の対ロシア交渉は彼を相手にしないで誰があるだろう。そこにこそ交渉の突破口が開けるのではないかと聴衆は皆が考えたと思う。講演の後で、OBや関係者との茶話会でも話題は対ロ外交のあり方だった。

ところが現実には、その後の四島返還交渉は一向に進展しないばかりか、日本がプーチンとの間で交渉をしている最中に、事もあろうにメドベージェフ首相が国後、択捉両島を訪れ、幼稚園や学校、道路などの建設を進めようとしている。この矛盾は一体何なのか。明らかにロシアの政治は終始一貫していない。

そして起こったのが昨年二月のウクライナ侵攻である。プーチンは一体どこで道を間違えたのだろうか。彼の「修身」はどうなったのか。

敢えて推測すれば、大統領を経験したメドベージェフはもはやプーチンの子飼いにはできなかった。プーチンは国外に問題をつくって、国内政治の混乱なり分断から目をそらさせようとしたのではないか。ウクライナを脅かしてロシアに併合すれば大きな実績になり、権力を伸ばせる。そう考えたとしても不思議ではないと言えるではないか。もちろんそれまでにウクライナを通るロシアの天然ガスパイプラインの権益とガス供給に関するいざこざがあったことも一つのきっかけではあるが……。

最近、あるロシア通の人物からロシア人の性格について、次のような話を聞いた。

彼らの社会では嘘が頻繁にまかり通ると言う。彼らの多くが、仏教で言う三つの悪「貪瞋痴（むさぼり、いかり、おろかさ）」に塗れている。すなわち、物欲、性欲、金銭欲が強く、不快なものに激しく怒り、妬み恨みをもち、自己中心で世間知らず、自己弁護しかしない、という人間が多いと言うのだ。もし本当にそんな性格が一般的だとしたら大変なことである。しかし一方では、ロシア人でも、一旦相手と信頼関係ができると、とことん信用するという気風もあるらしい。

ロシア語を話し、ロシアと長年取引をやってきた人物による評価だから、信用できる話だと思われるが、もしそうだとすれば、長々とやってきた北方領土の返還交渉は一体どうなるのか。外交でさえ嘘をつく人種に対して、一体どういう交渉をすればよいのか、誰もが混乱させられる。

話を聞かせてくれた友人は、思うところがあって、毎日上野の鉄舟ゆかりの「全生庵」で座禅を組んでいる。彼はモスクワに座禅道場を開きたいと言うのだ。しかし果たしてそれが可能なのか。貪瞋痴のなかで、自分の態度にも気がつかず、反省もないロシア人に一体悟りを得る可能性はあるのだろうか。

「だからやる意味があるんです」

との彼の返事だが、こちらは気が遠くなりそうな気分である。

ウクライナ侵攻について、ロシアが発信する明らかなフェイク情報を見ると、ロシアは一体どういう気なのか、プーチンが習ったと言う「修身」は一体どうなったのか、あらためて反問せざるを得ない。

3―5　議会総立ちの拍手

二〇一五年に訪米した安倍首相の、上下両院議会での演説が好評だった。「称賛の45分」、「議会総立ちの拍手十数回」と、新聞がセンセーショナルに報じた。彼が第二次世界大戦への深い悔悟（ディープ リペンタンス）を表明したときには議会が沸いたと報じている。

しかしテレビのニュースで見た演説では、首相の読むスピーチは訥々として流れがなく、あまり英語慣れしていない話し方である。聴衆も聞きにくそうな表情だった。聴衆が拍手をすることは講演者に対する儀礼であって、本当に言わんとするところが完全に理解されたのか。テレビの短い報道ではわからない。もし、内容が本当に理解され賛同を得た結果、議会が総立ちになったとしたら、素晴らしいことだ。

今回の演説で効果があったとすれば、お互いに熾烈に戦い合った日本とアメリカが、戦争直後から友好な関係を作り上げ、今、強い絆でむすばれていることを、戦後の関係回復のモデルとして取り上げたことだろう。日米関係については、アメリカに無差別爆撃を受け、ヒロシマ、ナガサキに原爆まで落とされながら、日本はなぜもっとアメリカに強く抗議しないのか、それどころかアメリカの番犬になっているのはなぜか、などと東南アジアや中近東の国で疑問の声を聞いたことがある。

そんな立場にも拘わらず、アメリカと友好関係を持ち続けた日本の態度を、広く世界に知らしめることによって、一方的に歴史問題を日本に押し付けつづける近隣国に釘を刺したとすれば、適切なやり方だと思う。このモデルをもって友好の方向を近隣国に示したことは素晴らしい。

いわゆる慰安婦問題に関しても、首相は常に戦時下に起こる女性の人権侵害として取り上げ、「紛争下、常に傷ついたのは女性だった。私たちの時代こそ、女性の人権が侵されない世の中を実現しなければならない」としたことは、戦争当時と現在の人権に対する意識の違いがあったことを明示し、問題を一般的な事象として説明したことは、時期遅しとは言え、適切な指摘だ。

もう一つ気づくことは、歴代の首相の中で、今回初めてアメリカ議会で演説を行うことになったのは、それだけ日米関係が緊密化し、対等化してきたことを表している。従来の対米関係では常にアメリカの圧力のもとに行動させられてきたが、9・11の事件とイラク戦争を経て、アメリカの勢力が後退し、それとともに、日本に対するアメリカの態度が融和になり、協調的になってきたことを特筆すべきだと思う。

ベトナム戦争から続くアメリカの武力外交は、一方で「民主主義を植えつける」と称しながら紛争地を一層混乱させてきた。イラク戦ではフセイン政権を倒したが、逆に世界的なイスラムの反抗組織ＩＳを生み、ジハード（聖戦）の名のもとにテロ行為を拡大、頻発させることになった。こうした失敗が、アメリカの勢力を後退させることになった。一方では、武力と経済力をつけた中国が、力による現状変更を進めている。

東南アジア諸国だけでなく、今や世界が中国の行動を危険視し、地域を安定させる方策を求めている。この状況で、日本に期待されることは大戦に向かうことではなく、平和外交を主導していくことである。

軍事において米国との共同防衛体制を築くことは必要だが、「戦争をしてはならない」という日本の強い意志を貫くことが肝要である。ロシアと異なり経済を中心に考える中国には、戦争の無意味さが判っていると思われる。

日本は先進国との関係を維持しつつ、独自の平和外交を進めていく覚悟と政略が必要である。

3－6　ある作家の執念

作家、山崎豊子は二〇一三年九月に亡くなった。原因不明の病気だったという。一つの作品に何年もの取材を行い、二年、三年と書斎に立てこもって仕事をした。そんな過酷な生活を続けて八八歳まで生きたことに驚く。よくぞその齢まで……。長寿だったことがせめてもの慰めだろうか。

今日、図書館でたまたま同女史の著書『作家の使命、私の戦後』（新潮社）を読んだ。

『不毛地帯』ではシベリア抑留の苦しみを、『二つの祖国で』では戦中に隔離された日系アメリカ人の苦悩を、『大地の子』では中国に残された戦争孤児の悲哀を描き、驚くべき執念で戦争の罪を追及してきた。また『白い巨塔』では権威を笠に着る医師界を、『沈まぬ太陽』では策術うずまく航空業界を描くなど、戦後民主化が進む中、相も変わらず国の権威や制度に群がって太る巨悪の実態を暴露し、繁栄に浮かれる社会に問題を提起した。

これらの小説を海外で読んだとき、国際機関の中でも起こる人種間の軋轢や差別、日本と日本人、日本人と外国人の関係などについて深く考えさせられた。世界の人々のために一致して働くべき機関の中にさえ、繰り広げられる人種や権益に付随する争いがある。そんな環境の中でこれらの本を読むとき、中国を含むアジアや日本国内の問題が身に染みて感じられるのだ。

山崎豊子をして問題をそれほど厳しく追及させたものは何だったのか。

彼女は前掲の小説を書くとき、自分を動かせたものは「国によって命を奪われた仲間であり、自分たち世代の失われた青春であった」と書いている。

戦中、女子学生は軍需工場に動員され、男子は特攻隊として空に散って行った。そういう戦争の悲惨さと、国を戦争に巻き込んだ軍国主義、そして戦中も戦後も、国の権益を笠に着て横行する社会の巨悪。それを追及することは、戦争を生き延びた自分の使命であると決心したと彼女が記している。

『大地の子』では、彼女は中国の奥地まで一人で取材に出かけて、徹底した聴き取りと調査を行っているが、その執念には鬼気迫るものがある。中国では一年間も現地に滞在し、胡耀邦総書記と面会の機会を見つけると、同氏から取材許可を取り付け、やっと目的の地を回ることができた。取材では可能な限り関係者と会い、話を聞き、綿密に記録を取った。戦争という大きな問題に、女一人で立ち向かった彼女には、読んでいてほんとに頭が下がる思いだ。その勇気と熱意には心底から感動を覚える。その努力と実績に対して、国として相応の評価を、というより彼女の業績に感謝し、顕彰すべきではないかと思う。

4　文明による見方の違い

4－1　東西文明の接触

久しぶりに杉並の中央図書館に行った。寒さをしのぐためか暇をつぶすためか、中高年者が新聞・雑誌コーナーで読むともなく新聞をめくり、読みかけの雑誌にうつむき居眠りをしている。もちろん閲覧用デスクで真剣に調べものなどしている人もいる。

本棚をあさっていると、『東と西　横光利一の旅愁』（講談社）が目に入った。関川夏央の著作である。

私がスイスに本部を置く国連機関に転身するきっかけの一つとなったのが、学生時代に読んだ横光利一の『旅愁』だった。

パリに留学中の主人公、矢代が、船中で知り合った外交官の妹千鶴子やパリ崇拝者とも言えるある日本人、久慈＊らと、現地で生活しながら東西文明について論争をするのだが、そこに描写されたパリの街やチロルの氷河への旅などに、私は秘かな憧れを抱いていた。

『旅愁』は当時の流行作家、横光利一が、自分のパリ遊学をもとにして書いたものだが、そこでテーマとしているのが、西洋の科学と合理主義に対する日本の伝統と精神主義という対立である。日本主義と言われる当時の思想が生まれた背景を関川は『東と西』で綿密に記述している。

私がスイスに勤務していて感じた東西の違いは、その後の時代の変化に伴って東西文化の交流も頻繁になり、東に対する西の理解も深まって断絶は大分穏やかなものになってきていたが、横光が滞在した頃の文化の隔たりは大きなものだったと思われる。

一九三六年（昭和一一年）二月二一日、横光は日本郵船の「箱根丸」で神戸を発った。三六歳の時である。私がエール・フランス機で初めて日本を立った年の三二年ほど前のことになる。彼はシンガポール、マラッカ海峡、アデン、コロンボを経由して、三月二七日にマルセーユに到着。そこからリヨンを経由して汽車でパリに入ったが、これが明治以来、日本人が欧州に向かう通常のルートだった。費やす旅行時間は約三五日の航海。今では飛行機で半日のフライトだから大変な違いである。

横光はそれぞれの寄港地に上陸して街を見聞している。私が何度か仕事や旅行で訪れた地である。シンガポールでは国連機関の連絡官のような形で勤務した後、代表官となって一〇年間も滞在していた。近辺の地名を聞くだけで懐かしさが込みあげる。

『東と西』で作者は、明治時代に洋行した作家たち、森鴎外、夏目漱石、二葉亭四迷、大正時代の島崎藤村などの作家の行状なども書いている。たとえば、渡欧中に病気を患い、帰国中のインド洋上で死亡した二葉亭四迷はシンガポールで火葬された。その墓はシンガポール日本人墓地の中にある。

日本人学校小学部の生徒だった私の息子たちは、先生に引率されて日本人墓地の掃除に行った。二葉亭四迷の名は、彼の父から〈クタバッテシマエ〉と怒鳴られたことをもじって付けたとはよく知られている。その話を息子にしたとき、彼はポカンとしてしばらく意味が分からない様子だった。そういえば〈クタバレ〉などという言葉は最近あまり聞かない。

パリに立った横光は壮大な建物とモニュメントに圧倒されるが、フランス文化に距離を置き、それを日本精神と対比して見ているところがあった。船上では一等船室の上流客だった彼も、パリに住むと高い物価に閉口して、カフェばかりで過ごしていたらしい。フランス語もよく分からず、パリ社交界での交流を楽しんだ様子はない。パリの詩人の会に依頼されて、日本文化について講演を行ったが、あまり理解されたようではなかったという。

パリ万国博を通じて浮世絵や着物、陶器、工芸品などを目の当たりにし、日本文化の虜になった画家や作家たちがいる。彼らは日本の文物を模倣して、ジャポニズムとよばれる流行をつくったが、そういうことも当時の日本人に一種の優越感を与え、日本主義なるものを主張していたのではないだろうか。

横光の訪れた時代には、日中戦争の火種がくすぶり、日本によって、西欧の植民地権益が侵されようとする時期だった。横光は日本に対する風当たりを感じていたかもしれない。ちなみに彼はベルリン・オリンピックの取材のために派遣され、パリを根拠に六カ月滞在し欧州各地を取材した。現在なら新聞社のスポーツ記者などが派遣されるところだが、当時は流行作家が派遣された。

私のパリ滞在は一九六八年頃。それからアルジェリアに駐在するようになっても、出張や休暇で頻繁に出かけた。一番の理由はビザの更新である。

シャンゼリーゼのレストランやオペラ座、モンマルトルのムーランルージュやシャンソニエ、パレ・ロワイヤルやルーブル美術館などに出没し、金は無かったが、食事やワインやシャンソン、バレエ、絵画などをむさぼるように楽しんだ。

私はパリジャンやピエ・ノワールとよばれる植民地からの引揚者などとの交流があったせいか、私のパリは何か人間味にあふれた親しみのある街であった。まだ通貨は固定レートで、円は一ドル三六〇円。フランス・フランは七〇円ほど。円安の時代だから、とても裕福とは言えなかったが、パリ庶民の生活をエンジョイすることくらいはできた。

一九七〇年、日本で万国博覧会が開かれる頃、岡本太郎がアルジェーに来た。アルジェリア政府への出展の要請が目的だったかと思う。ちょうど「太陽の塔」を製作中だと思われる時に、彼は時間を割いてよくも「地の果て」まで来たものだと、今になって感心する。

アルジェー市の中心街、私のオフィスに近いレストランで一緒に食事をした。アルコール度数の強い地酒、マスカラ・ワインを飲みながら、彼の勇ましい芸術談義を聴いた。こちらは彼のよくわからぬ芸術論に必死に応対していたのだが、その彼が横光利一の渡仏中、横光の通訳をしていたことを、この『東と西』で初めて知った。

当時岡本は二〇歳の若さで、パリのサロンに出入りし、横光の眩惑的な文芸論を通訳していたというのだ。こちらはそんな昔から芸術論を繰り広げていたらしい岡本に、本気で議論を構えていたのだから、自分の若さを思い出して可笑しさがこみ上げる。

当時の私は三〇歳。岡本との接触を通して、私も横光に細い繋がりをもったことになる。三人の行動や事象を時系列で見てみると、昔が一挙に近づいたように感じられて懐かしい。

＊久慈は岡本太郎がモデルではないかといわれる。『旅愁』は未完だが、岡本が挿絵を描き、未完のままで出版された。

4－2　不条理の世界

現在の社会で横行する犯罪や反社会的行動には、根本に「不条理に対する漠然とした怒り」が動機になっているのではないかと思われる。

フランスの作家カミュは、世の不条理をテーマとして『異邦人』を書き、社会から孤立し虚無感を抱えた人間に、社会が耳を傾けようともしない事象を問題提起した。大学時代に原文で読んだこの小説は、〝ママン・エ・モール〟「ハハ シス」の電報を受け取るところから始まるが、どこまで読んでも社会に対する反抗だけで、主人公ムルソーの行動も心情も充分理解することはできなかった。母の死にも涙せず、異性からの愛を感じ取れず、ただ理由もなくアルジェリア人を射殺した。神も信じないこの男を、仏領アルジェリアの法廷は「冷酷非情」と断じる。

当時、まだ高度成長期の前だったが、ビジネスによる世界の発展に胸を膨らませていた日本の若者には、ムルソーの心情を理解するのは難しかった。

その後の日本の経済成長も、一九九〇年初めのバブル崩壊から、失われた一〇年をへて、低成長を続けた。成長の可能性と期待は失われ、若者の就職難に繋がる。彼らにはやる気を持つことも難しくなり、中には社会から孤立して引き籠る人間が出てきた。そして常識で考えられないような、理解を超えた事件や犯罪を起こすことに繋がっている。それはまさしくカミュが描いた不条理の世界なのだと思う。

アルジェリアは、フランスとの七年半に及ぶ激しい戦いの後に独立した反動からか、過去の対戦で欧米のアジア植民地支配を撃退し、戦後、新技術をもとに躍進する日本に親密感と期待を示した。

一九六〇年代後半、植民地支配を受けた国の心情も知り、イスラムの習慣も取り入れて取引には成功したが、長く彼らの世界で生活しても、打ちとけて付き合う親しさは生まれなかったように思う。厳しい砂漠の国で生きるイスラムの教義、それから来る排他的にもみえる生活習慣と態度が、外部の人間との親密な交流を妨げているように見えた。

仕事柄、私はアルジェリアをはじめ、世界各地に滞在して社会を見てきた。

三十数年後、シニア・ボランティアとして滞在したマレーシアでは、同じイスラム教の国ながら、温暖で緑豊かな環境にもよるのか、人々がずっと穏やかで平和であり、イスラム教以外の人々とも親密な交流があることを目撃した。

人前に肌を見せないために着用されるはずのイスラムのスカーフ（ヒジャブ）も伝

統衣装も、色やスタイルもファッショナブルになり若い女性を魅力的にしている。

これと反対に、あるイスラム国では、ヒジャブのかぶり方が悪いなど些細と思えることを警告され、それに反発した女性たちのデモが発生し、死者が出る事態が起こっている。

こうした生活の現代化に伴う風俗・文化の違いにどう対処するか。イスラム教も時代の変化に対応すべき時に来ているのではないかと思う。キリスト教では歴史的な宗教改革で神が民衆に近づいたが、イスラムではムハマッドの布教以来、コーランの原典はもちろん、イシャームと称する指導書に書かれた生活法さえ変えられることがない。


今、夫々の世界を見て感じることは、資本主義社会とイスラム教社会の間にいまだに大きな溝が横たわっていることだ。イスラム過激主義者を擁護するものではないが、現代はカミュが書いた時代以上に深く複雑な不条理に満ちている。この世界が自爆テロという彼我の命を犠牲にしなければならない程の不条理を宿しているとすれば、現代社会は前世紀以上に深い不幸に陥っていると言えるかもしれない。世界中で拡大していく民族間と社会階層間の格差、宗教意識の低下、それに対するイスラム原理主義者の不満がテロ活動に繋がっている。

歴史人類学者、エマニュエル・トッド氏によれば、「そんな格差を眼にして、社会の構造的問題を直視せよ」などと言えば欧州社会では袋叩きに遭うだろうと思われる現実があると言う。

「フランスでは、国民が命がけで手にした自由と世俗主義は共和国の礎だが、自らを社会の中の異邦人と感じ、信仰を頼りに生きる人たちもいる。自由のさじ加減は、フランス国民自身が考えるのだろう」と。

一方では自由を絶対的なものとしてさじ加減を許さないところに、また一方でコーランの教義を絶対的なものとして妥協することのないところに、双方の対立の根本的な原因があると思われる。

自由を絶対視する人々は、自由の名のもとに拡大する格差、不平等、不信心、社会の堕落。そういうことに怒りを覚える人々がいることを理解すべきだと思われるし、イスラム社会にもコーランの言葉を現代生活に当てはめてその意味を解釈する新しい動きがあってもよいのではないかと思う。

4－3　フランスの革命精神

パリ祭

フランスでは一七八九年の市民革命を記念して、毎年七月一四日にパリ祭が開かれる。

わが母校のフランス語同窓会は、毎年この日に集まって、ワインを飲み、シャンソンを歌い、フランスからの帰国者の話を聞いたりして、パリ祭の雰囲気を楽しむ。

この祭は、一七九〇年、市民がアンシャン・レジーム（旧制度）を壊して共和制を打ち立てたとき、市民は年齢や性別を超え、地位や富も関係なく、心から結びついた。これを記念して彼らが自分たちの手で市民の祭（Fete de la Federation＝市民共和の祭、パリ祭）を行ったのが始まりである。

この日は二三〇年後の今も、国中を三色旗で飾り、凱旋門を中心に陸海軍士官学校生徒の行進や、空軍アクロバット隊の飛行、騎馬隊の行進など、外国の賓客を迎えて様々な儀式が行われる。

一昔前、日本でもこの日にはラジオからシャンソンが流れ、ちょっと懐かしいパリの雰囲気に引き込まれたことを思い出す。七月一四日（クァトールズ　ジュイエ）はパリ祭の代名詞でもある。

母校のフランス会では、ワインの酔いに浮かれて、フランス文化やフランス人の思考、最近の事情などよもやま話に花を咲かせる。私は自分の作った拙い曲を披露して、近況を話すことが恒例になったが、今回披露した曲は「愛と正義と勇気を」と題するもの。

前の会合では東日本大震災で亡くなった犠牲者に捧げるレクイエム（鎮魂歌）を披露したが、今回はパリ祭の明るい雰囲気に合わせて、勇気を湧き立たせ、それでいてやや重厚な曲、「愛と正義と勇気を」を演奏した。どこかフランス国歌「ラ・マルセイエーズ」の精神に似ていなくもない。ＭＤ録音した曲が部屋に響くと、出席者は革命に立ちあがった人々の意気軒昂な精神と、勝ち取った自由の喜びに思いを馳せるように、耳を傾けてくれた。

フランス革命の理念は〈リベルテ・エガリテ・フラッテルニテ＝自由、平等、博愛〉である。フランスの硬貨には、群衆を鼓舞するジャンヌ・ダークの姿とともに、この文字が刻まれている。

彼らの「自由」は、忌まわしい絶対王政を打倒して獲得したものであり、そのために多くの市民の血が流された。だから自由に対するフランス人の意識には徹底したものがある。

現代のフランス

私が世界各地で生活したことを知って、「世界でどこの国が一番いいですか」と、よく訊かれる。すぐ答えるのは難しいが、敢えて言えばやはりフランスではないかと思う。

フランス人のもつ人間性とその文化から考えて、やはりこの国には、革命とその後の混乱を乗り越えて育んできた自由と愛の信念と、その自信が生きているように思える。革命から二三〇年以上も延々と引き継がれてきた自由と平等の伝統が人々の心に沁み込んでいて、他国と比べると、人一倍人間に対する愛と理解があるように思える。

一九二四年に、東京に日仏会館ができてから今年で九〇年になるらしい。建設当時の駐日大使、ポール・クローデルと財界の渋沢栄一の尽力があったことが大きいといわれる。それらの業績を振り返って「日仏文化交流九〇周年」の各種の記念行事が行われる。

我々の青春時代はフランス映画とシャンソン全盛の頃。「禁じられた遊び」で戦争の中に生きる子供たちの純粋さに心を奪われ、「太陽がいっぱい」でアラン・ドロンの演じる若者の新世代を感じた。しかし今脚光をあびているのは、映画でもシャンソンでもなく、食文化なのだ。

一九世紀の昔に美食家ブリア＝サヴァランによる『美味礼賛』なる書物が出るほど、フランス人は食事に凝り、料理に蘊蓄を傾けた。中国料理に次いで世界を席巻していたフランス料理も、今や衰退の様相を見せているらしい。

それに伍して流行しているのが和食文化である。文化遺産として世界に打って出た日本食文化が、漫画やアニメとともにフランスから欧州、世界に広まりつつある。しかしその日本食も、海外に広がる前に国内で衰退して、ラーメンとカレーライスに押されているのが心配でもある。

日仏ともに、豊かで異なった食文化をもっているが、それをどう守っていくかは両国の共通の課題である。

食文化と並ぶブームは、若い世代のアニメ、漫画、コスプレの流行だ。若者が日本に好奇心をもつことはよいが、伝統や現実から乖離(かいり)した仮想世界の文化が、彼らの間を自由に飛び回り、グローバル化している。伝統に囚われないフィクションの世界は自由で広がりやすいのだろう。しかしそれによって世界が無国籍化し、軽薄化していくように見えることを、社会はどう捉えるべきだろうか。

地球上で起こっている自然の破壊、災害の多発、紛争や感染症の拡大などの課題がますます山積していくが、若者たちのブームは、問題を避けて、フィクションの中に逃避しようとする現象なのかもしれない、と思うとちょっと将来が怖い。これからの時代に、彼らの世代が課題をどう処理していくのかが心配である。

人間と自然に対する愛、社会に求められる正義、それらを実行する勇気、それらは、これからの時代を生きていくうえの原則として、より強く求められることになるだろう。

4－4　表現の自由と思いやりの精神

二〇一五年一月七日パリの風刺週刊紙シャルリ・エブドがテロ・グループに襲われ一二人が死亡した。この危機的ニュースは新年早々世界を震撼させた。イスラム主義テロリストをモハメッドの漫画で風刺する同社は、従来からテロリストの脅迫や放火の攻撃を受けていたという。

当時、フランスのオランド大統領は、メルケル独首相やキャメロン英首相などに加え、イスラエル、パレスチナの首脳なども糾合して、「われわれはテロに屈することはない」と、三七〇万人の反テロ大行進を行った。そして一一日には、シャルリ社が、犠牲者追悼の特集を出版し、表紙には「すべては許される」とのキャプションをつけて、涙を流すモハメッドの風刺画を掲載した。

これはテロに対する挑戦というより、イスラムに対する挑戦のように見える。

フランス国内でも、彼らが重視する「表現の自由」か、あるいは「宗教への寛容か」で議論が二分し、これについてフランスはもとより世界中で議論が錯綜していた。この事態においてなお、イスラム教徒からすれば彼らの信仰を冒涜するモハメッドの画像を使った風刺は、彼らの感情を逆なでするものであり、シャルリ社は控えるべきことだっただろう。そう思うのが日本人一般の感情ではないだろうか。また世界でも主張されていることだ。

しかし、元ル・モンド紙の記者、ギイ・シボンによれば、フランスは市民革命で、王権神授説を支えたキリスト教会の権威を倒し、以来二〇〇年をかけて政教分離を勝ち取った。それだからこそ宗教をタブー視しない姿勢が培われているのだと言う。「われわれにとって『表現の自由』に対する攻撃は国家に対する攻撃と同じだ」とさえ彼は言う。

またフランス人弁護士のエマニュエル・ピエラは「表現の自由は民主主義の核となる価値で、報道機関に表現の自由がない国は『民主主義の小説』に過ぎない」とまで言う。

もちろんこの自由は野放しではなく、国策や人権擁護からある程度の制限は設けられてきた。しかし、表現の自由の制限は民主主義にとって非常に危険なことだと彼らは考えている。

フランス人の「言論の自由」に対する思い入れは、驚くほど強く、我々の理解を超えている。

欧州ではあらゆるものを闘争で勝ち取り、その権利を文書で確認する。それが権威に対する民衆の長い戦いの歴史だった。

それに対して日本人やアジア人の中では、仏教にもとづいた万物平等の思想があり、自然の生き物と命を分かち合っていると考えるから、相手に対する思いやりの気持ちが育まれている。その点で欧米人とは大きな違いがあり、逆に欧米人にこの思いやりの気持ちが足りないのではないかと思う。

一神教の世界では神が絶対であり、異教との間でも違いを白黒はっきりさせたいとする。違いをはっきりできないグレーの部分を表現しようとすると風刺の世界になるが、そこでも相手との違いを主張して諧謔（かいぎゃく）をねらう。問題はそれが相手をどれだけ傷つけるかまで気を配っていないところにあると思う。

シャルリ誌の表紙が涙を流すモハメッドの顔を描き、「すべては許される」との言葉を入れたが、誰が何を許すのかが故意に曖昧にされ、いくつかの解釈が可能になっている。

「過激派のテロ行為をムハマッドが涙を流して悔い、被害者のシャルリ・エブド紙が許している」との解釈もあれば、「銃撃戦の犯行も含め、『なかったことにしよう』という意味で、イスラムとの摩擦の解消を呼びかけている」という解釈もある。

日本では、表現の自由に関し「公序良俗」に反することには何らかの制約を課すことは認められてきたし、このような風刺画が、一定の割合の人々に強い屈辱感を抱かせる可能性があるとすれば、関係者は出版をためらう。また相手は出版社を相手取って出版差止めや損害賠償を求めて裁判を起こすことができる。だからテロに走る前に、自らの主張を裁判で明らかにすべきだという考えがある。

一方、欧州では自分たちの価値観に反対する存在に不寛容な面が強く、同じ一神教の世界ながら、あるいはそれ故に「世の中に絶対なるものはない」ということが受け入れにくい。そして受け入れられないものには即座に反抗するということが起こるのではないか。

いずれの宗教を信じるにしても、人は自分たちの価値観だけでなく、その発言や行為に対して相手がどういう感情をもつかを考慮して行動しなければならない。このことが、人間社会で共存するために必要な基本的要件なのだということを理解すべきではないかと思う。

「世俗化したフランス市民にとってのキリスト教と、イスラム教徒にとっての預言者の位置はあまりに違う」と、ある学者が指摘したことを思い出す。

いくつかのイスラム国で生活し仕事をした経験から推測すると、イスラム教徒、特に原理主義者が反感を持つのは、際限なき自由に毒された現代社会の堕落そのものではないかと思われる。

このような反感を防ぐために大事なことは、報道機関やマスコミが、報道が社会全体に与える影響を考慮し、〈表現の自由にも責任が伴う〉という自覚を持って行動することだと思う。このことは、多分世界の常識を代表していることだと言えるだろう。

4－5　何ひとつ望み通りに……

フランスの映画監督、ジャン＝リュック・ゴダールが死んだ。二〇二二年九月、享年九一。彼はスイスに住んでいたが最期は安楽死を選んだという。

彼の最晩年の作品の中の言葉が、

「何ひとつ望みどおりにならなくても、希望は生き続ける」

というものだった。シニア世代の人間の胸にガツンと来るものがある。しかしそれ程彼の最後はやりきれないものだったのだろうか。

自分の人生を否定的に見れば、ゴダールのような言葉になるのかもしれない。最期は安楽死だったということが驚きである。それは絶望の証明だと言えなくもない。

彼はヌーベル・バーグ（Nouvelle Vague＝新しい波）の先頭に立ち、映画作りの既成概念を壊して新しい道を探し、撮影も編集も予定調和を求めなかったという。

ジャン＝ポール・ベルモンドが主演する映画『勝手にしやがれ』でも、あらすじを書いた二ページちょっとの台本をもとに、後は出たとこ勝負で作っていったという。たとえば、ベルモンドを街角に立たせて、「何か言ってくれ」と指示する。言葉がストーリーに沿っているかどうかは構わない。違っていれば筋を膨らませることになる。そういう画面をつなぎ合わせて映画を作っていく。撮影も編集も元のストーリーに沿った方法をとらないから、映画はしばしば難解なものになる。彼はこれを新しい表現＝ヌーベル・バーグとして社会に問うたのである。

このような手法は、一九五〇年代後半から若い作家の中で始まったらしい。従来の名作とされる映画の中の道徳観やシステム化された映画造りに反発して起こされた動きである。この作り方には新しい発見もあるが、制作コストが安いことから業界の注目を浴びたという。映画「勝手にしやがれ」は一九六〇年の作だが、その後も「気狂いピエロ」や「中国女」など、他の若手とともに多くの映画を作っている。

しかし一九六八年の学生を中心としたパリ騒動「五月革命」が起こると、社会の関心は政治に移り、ヌーベル・バーグは下火になっていった。ゴダールは映画界の商業主義に反発し、一九六八年のカンヌ映画祭では仲間ととに会場に乗り込んで、上映を妨害したこともあるらしい。彼はその政治的思考から、世の権威に抵抗し、戦争や暴力、支配への怒りを持ち続けたと言う。

当時盛んに議論されたサルトルの実存主義、「生きる道を自分で開き、今ここにある一人の人間の〈実存〉としての自分のあり方」を求める、というやり方をゴダールは通したのだとも考える。

サルトルは神が世界を決めるとの考えを拒否し、人間こそが世界をつくると考えた。自分らしく生きることが大事であるという主張である。ゴダールはサルトルと交流があり、実存主義的考え方に共鳴していたと思われる。

ゴダールは性格的に変わったところがあった。一八歳にもならない女優を口説き、抵抗する彼女を最後には自らゴダールに近づかせたという。結婚してからも、「ちょっとタバコを買いにいく」と言って家を出て、二週間も帰ってこなかったり、常識を逸脱するところがあったらしい。四年後に離婚、別の女優と結婚したがそれも長続きしなかった。

仕事上では「カルメンという名の女」（一九八三年）でベネチア国際映画祭の金獅子賞を受賞、「さらば、愛の言葉よ」（二〇一四年、初の３Ｄ映画）でカンヌ映画祭審査員特別賞を受賞するなど活躍を続けた。晩年には『イメージの本』（二〇一八年）を発表するなど最後まで創作の意欲を失わなかったという。

それなのになぜ安楽死（スイスで認められる自殺ほう助）を選んだのか。遺族によれば、

「病ではなく、疲労困憊だったので、終わりにしようと彼が決めた」のだという。

それでは彼の言葉、「何ひとつ望みどおりに……」をどう理解すればよいのか。希望は生き続けるが、体力が持たなかったということだろうか。人生を終わりにすれば希望はどうなるのか。人生の最後に近づきつつあるシニアには大変気になるところである。

やはり最後には心の安定のために、自分の人生を肯定しなければならないと思う。

5　精神の抜けた社会

5―1　善意の国、日本

お盆が近づくと、いろいろと人の一生を考えてしまう。

「流れ星流れてよしや消ゆるとも　瞬時は光れわれの命よ」　堀口大學

宇宙の営みから見れば、人間の命は芥子粒のようなものだ。流れ星のようにはかない命。そんななかで自分が一瞬でも輝きたいというのがこの詩の趣旨だろう。輝くことの少なかった身として、光ろうとする彼の意志に強い共感をおぼえる。実際、社会では誰もが光ろうと望み、努力している。そして、そのことが人に生きることの意味を与えている。

だが現実の社会はどうだろうか。

平均寿命が延び、命だけは長らえているが、理想はとっくに消え失せ、目的も希望も失い、あてもなくその日を暮らす老人のいかに多いことか。やりたい何かがあるとしても、自分のための趣味や遊びであって、もはや社会のためなどということに考えが及ばない。

「いや、これまでの人生で家庭をつくり、税金も払い、社会に貢献してきたのだから、老後は生きているだけでもいいんです」と説明する人もいる。

確かにシニアでも消費活動はしている。だから、消費経済には貢献しているとも言える。

といっても正確に言えば、貢献しているのは自分で蓄積を行ってきた人たちのことだ。若い時代に充分な社会貢献も蓄積も行わず、今になって福祉サービスの中でどっぷり世話になって生きている人は、残念ながら社会の負担でしかないと言わざるを得ない。

それでも、「人は憲法によって生きる権利、基本的人権を保障されているのだから当然だ」という人もいる。ここに権利の落とし穴がある。憲法はすべての人が真面目に努力することを前提にしているわけで、努力した人にこそ権利がある。しかし世の中には人権を金科玉条にして、要求だけを当然のように主張する人種も少なくない。権利の裏にあるべき「義務」を都合よく無視している。権利とは相当の義務を果たして初めて求め得るものだ。

日本は欧米と違って善意で成り立っている社会だと思う。法制もその精神に基づいているから、悪い奴が故意に違反することを前提としてはいない。従って違反者に対する罰則も、必ずしも厳正ではない。悪い奴にとって日本社会を騙すのはやさしいことかもしれない。

戦時中、軍や特権階級によって相当な戦争犯罪が行われたが、その実行者も死んでしまえば神になり靖国に祀られる。死者の罪は問われないのが日本だ。いまだに被害国から日本の戦争犯罪が問題にされる理由の一つがそこにあるのかもしれない。善意の社会と相まって、弱者救済の手厚い人権保護法があり、それが、社会を逆手に取った、ならず者の犯罪を助長させている。

日本という社会は、そんな犯罪や不正をどうしてやり過ごしてしまうのだろうか。

昔から「お天道様が見ているよ」と言われる。

裏で悪事を働けば必ず報いが来ると信じている。また「盛者必衰」のことわりも知っている。「この世をばわが世とぞ思ふ、望月の欠けたることもなしと思へば」と詠んだ藤原道長の栄華。その平家の繁栄も「盛者必衰の理をあらわす」と語られる通りである。

だが現実社会では必ずそうなるかは分からない。競い、ねたみ、わめき、憎しみ、栄華を求めても、命が尽きればそれも終わり、という考えもある。いや、それで終わりではない、生前の悪徳は地獄となって死後を苦しめる。仏縁を信じ善根を積んだ人は浄土に往生することができるとも知らされている。日本人が他人の出世や栄華をねたまず、自然の猛威にも己の苦労にも耐えるのは、そういう信心があるからだろう。

日本人は、仏教から教えられた自然の摂理を知っている。それが故に、現実社会を法律だけで決められるものではないことも知っている。

「善人なおもて往生を遂ぐ、況んや悪人をや」と説かれるごとく、悪人であればあるほど、仏の救いを求める気持ちは強いと理解しているのだ。

ところが、今の世の中には詐欺や殺人などの犯罪がかなりの勢いではびこっている。人としての心の痛みを持たぬ者、不法を生業とするならず者たち、お天道様も気にしない彼らの所業をどう抑えていくか。単なる法律だけで解決できるものでないことは明らかだ。

失われていく「善意」の力、信仰の力を取り戻すことが今こそ必要ではないだろうか。

5－2　精神が抜け落ちた社会

精神って何だ

最近精神という言葉があまり使われなくなった。

せいぜいスポーツ精神とかボランティア精神、古くはフロンティア精神とかいう場合に使われるが、開き直って精神とは何かなどと考えたり論じたりすることは少ない。

英国では精神のことをスピリッツと呼び、その名が蒸留酒も意味するように、気分的なことを表し、フランスではエスプリと呼ばれ、気転や機知という心の動きも意味する。国と言葉によって意味するところにニュアンスの違いはあるが、精神とは心や意識のことから、気構え、気力、理念など、心の在り方を言う。

スポーツであればルールに則って正々堂々と戦う心、ボランティアであれば無私の奉仕の心、フロンティアと言えば開拓者の心を言う。精神とはそういう直接的な意味に加えて、その心にいろいろな知識や考え、気持ちが伴う。

驚くことに、精神という言葉は古くから日本にあったらしい。鎌倉時代に生きた兼好法師が『徒然草』の中で、

「老いぬる人は、精神おとろへ、淡くおろそかにして、感じうごく所なし」

と書いている。老齢になれば精神は衰えて感じることさえなくなるというのだが、当時〈老いぬる人〉とは何歳くらいの人を指したのだろうか。

最近、テレビ番組などを見ていると、いろいろ問題に気づき、考えることがある。しかし番組が終わってしてしばらくすると、それまで考えていたこと、覚えていたことがすっかり頭から消えている。新聞は日頃気になっているニュースや論説があると、しっかり読んで考えることがあるが、その結果を頭でまとめてみようとすると、それが難しい。場合によってはページをさっとまくった途端に内容が消えてしまう。見出しくらいは残るが内容が飛んで行ってしまう。

だから精神の糧となる知識を得ようとすれば、テレビならもう一度録画で見直すと

か、新聞や書物の記事ならもう一度読み直すとか、関係の資料を探すことが必要になってくる。

グランド・シニアとなると頭の能力も落ちてくるのだろうが、現代の社会では老齢者でなくても精神の働きを失っているのではないかと思われる人たちが増えている。子供たち世代の場合、テレビやスマホ、ゲームなどに熱中して、本を読んだり人の話を聞く機会が少ない。だから物を考える機会も少なくなっていると思われる。

成年になっても、それまでのゲーム浸けの習慣が残っていたり、会社の仕事も忙しいから、新聞や書物を読む時間を無くしてしまう。スマホに出る短いニュースや情報だけで一応社会がわかった気になって、それ以上に情報を求め、考えることなしに済ませてしまう。書物を読むにしてもＩＴ関係のマニュアルとか仕事に拘わる専門書などが中心で、教養を養う書籍がどれだけあるかが心配である。

こうした状況から、人はいつか物事を深く考えなくなっているように思える。

実際はテレビでもスマホでも見て感じたり考えたりすることはあるだろうが、それを家族や友人たちと話し合うことが少ない。相手と意見を交わさないから、考えを進めたり、深めたりができない。そういう状況では物事や事象について自分の考えを深めることがなく、精神もまた生まれてこないのだ。

ニュースで犯罪事件などの報道を見ると、犯人は人を傷つける前に、その先がどうなるかをなぜ推測したり考えたりしないのかと思う。想像力の欠如とともに、自分の行為が誤っているという判断さえできないのではないか。悪いと知りながら感情に任せて、あるいは人に強制されてやってしまう。そこに精神の弱さがあるのだと思う。

一九七〇年頃の大学紛争の後、学生の教養レベルが落ちてきたという懸念がマスコミで指摘されるようになった。最高学府の一つである東大の教養レベルを察する意味で、毎年東大総長の卒業生に送るメッセージが話題になる。一九六四年の大河内総長の言葉、

「太った豚よりも痩せたソクラテスになれ」

が有名になったが、これについて、後に同じ大学の教養学部長の石井洋二郎教授が二〇一五年の式辞で語ったことがあらためて話題になった。

大河内総長の言葉は、イギリスの哲学者、ジョン・スチュワート・ミルの著作『功利主義論』から採ったものだとされるが、正確にはミルが言っていることと大分違う

と言う。原文は、

「満足した豚であるより、不満足な人間である方がよい。満足した馬鹿であるより、不満足なソクラテスである方がよい」(It is better to be a human being dissatisfied than a pig satisfied, better to be Socrates dissatisfied than a fool satisfied.)

ということだ。カッコ内は石井氏があげる原文。石井氏は大河内氏がこれを自分なりに意訳して先の言葉にしたのではないかと言う。

結局同じことだろうと思う人は多いが、「太った豚より云々」を即ミルの言葉とするなら正確ではないということである。

石井教授の言わんとするところは、「太った豚より云々」をミルの言葉だと言い振らされて、事実を確認しないまま、話されたことを鵜呑みにして拡散することの危うさである。最近文献などを確認せずコピー&ペーストして済ましたり、SNSの投稿を事実確認せずに拡散させることが横行するが、本文の正確な意味を知ってやっているのか。不明であれば原文に遡って調べる態度が必要だということである。

そういう態度からこそ、しっかりした研究が始まり、ひいては社会の教養を深めることになるのだろう。そして、しっかりした教養こそが強い精神を育むことになるのだ。

5－3　映画俳優と役柄

二〇一四年一一月一〇日、映画俳優、高倉健が死んだ。そして菅原文太が一〇月二八日に死亡していたことが今日報道された。

二人とも東映やくざ映画の看板俳優だが、数少ない男気のある俳優の死が惜しまれている。

高倉健は七〇本ものやくざ映画に出演し、来る日も来る日も型にはまった役をやらされることに嫌気をさし、ある日、子分をポルシェに乗せて三カ月もの間行方をくらましたという。しかし一人秘かに映画館に入ってみると、自分の演技に没入し、目を凝らして見ている観客がいることに気づき、思い直して役柄を続けたという。

後に、「八甲田山」や「鉄道員（ぽっぽや）」、「幸福の黄色いハンカチ」などの文芸作品にも出演するようになったが、その役柄は男気を秘めたストイックな男だった。そこに醸し出される人物像はその役柄から出たものか、彼自身の風貌や人格から出たものか分からないが、観客に相当な人気をもっていた。若い時高倉健の映画をよく見たという中国の友人は、その話をする時、眼に懐かしさと一種の尊敬の表情を浮かべていた。

高倉は、社会から見られている自分のイメージを壊さないために、普段の行動にも気を配った。生活でも破目を外すようなことをせず、家庭のことも世間に明かすことはしなかったという。映画人精神というか、一つの信念をもって行動した。

菅原文太は、やくざ映画「仁義なき戦い」などで主要な役を演じ、「トラック野郎」ではご意見無用の反逆児を演じた。後に「利家とまつ」などNHKドラマにも出演したが、やはりやくざ映画のイメージは抜けなかった。数年前から山梨県で有機農業に専念していたが、それも本格的なものだったという。

常日頃考えることだが、映画の役柄は小説や脚本を書いた人によってつくられている。しかし大衆は俳優に配役と同じイメージを抱いてしまう。映像の世界では彼ら俳優が画面に出るので、それを俳優の人格や行動と混同して憧れをもってしまう。一種の幻想が俳優の人気をつくっているとも言える。

観客は役柄のつくる恰好よさに惚れる。それが大衆の抱く夢の世界なのだと言えばそれまでだが、そういう人物を描き出す作家の能力に対しても、もっと関心が向けられるべきではないかと思う。

テレビの大河ドラマなどで、視聴率を上げようとして有名タレントを起用するが、タレントがすなわち名優であることは少ない。逆にそれによってドラマの質を落とし、視聴率を下げていることが多いのではないか。そういう意味では、型にはまった役でも、演劇のプロを使って、真剣な演技で聴衆を魅了し、ドラマを面白くする方がよっぽど素晴らしいと思う。

ただ最近は有名タレントでも、説得力ある演技をして魅力ある役柄を作り上げているケースもないではない。

作品を作る作者が疎んじられていることは、歌曲に対しても言える。いい歌があったとしても、それを歌っている歌手が覚えられることはあっても、誰がつくったかは殆ど話題にされない。演歌歌手やシンガーの歌唱力や表現力は認めるべきだが、歌い方とともに歌詞やメロディーが感動を与えていることはもちろんである。作詞家、作曲家のことが余りに忘れられがちで、適切な評価をされていないことに疑問を感じる。

古典の交響曲などは演奏するオーケストラや指揮者とともに、作曲家と曲そのものが常に話題にされるのに対して、歌や映画では演者である歌手や俳優、または監督は注目されるが、原作者や作曲家が往々にして軽視される。

この違いは何だろうか。特に最近の芸能界では物事を演じる事には優れているが、作品を作り出す創造性（クリエィティビティー）の面で力が弱っているように見えるのはどうしてか。監督の能力も問われるが、原因の一つは、社会が作品や番組作りの努力を正当に評価しないところから来るのではないだろうか。

「人生死ぬまで精進」として、生活と演技に努力を重ねた高倉健の真摯さには動かされる。また「男はつらいよ」の渥美清も、寅さんのイメージを壊さないため、私生活は一切表に出さなかったが、その生き方も凄い。

そういうことは役者の演技理念として大事なことかもしれないが、俳優が役柄のために自分を殺さなければならないのも気の毒なことである。

5-4　人生の徒労

子供の頃のクワガタ虫捕りを思い出して、歌人の穂村弘さんは愕然としたと、新聞が書いている。

「夏の間何度も森や林に出かけて捕れたのは一センチほどのコクワガタ一匹。子供には、徒労とか無駄だとかむなしいとかみじめとかいう感覚がないのだろうか」と自問自答し、

「結果が出ないと、すぐに失望したり絶望したりする今の私は〈クワガタ捕り〉に懐かしさ以上にまぶしさを感じる」という。

虫捕りに夢中になっている子供には、無駄という考えはないだろう。とにかくカブトムシ捕りが面白いのだ。

徒労とか無駄という考えは、社会生活を経験するうちに出てくるもので、やっていることの意味やその効率などは、社会の中で経済的観点から相対的に考えることに

よって出てくるものだろう。自分が本当に好きなことには、徒労などということにお構いなく没頭してしまうものだ。

しかし社会人として生業を持ち、家庭を守る立場になれば、〈クワガタ捕り〉ばかりはしてはいられない。世の中を生き抜くためには、成果を求め、競合者と競うことも必要になってくる。

現在の経済社会で求められる成果や効率、そのための競争の中で、人はいつか本当に好きで没頭できることを忘れているか、見失っている。特に忙しい人生を過ごしてきたシニアには、今となっては何に没頭すればよいのか、見つけるのに苦労する。そして少年の熱中心に憧れるのだ。

私たち海外協力を経験した仲間のみならず、社会活動をするＮＰＯなどは、没頭することの一つの可能性を持っている。私たちの会は、技術協力のためにやりたいことをやる場をつくり、メンバーから出てくるいろいろな活動案を具体化する場になっている。

実際には、一つのプロジェクトとなると資金も人材も必要となるので生易しくはないが、メンバーで検討して構想をねり、関係先、相手先と折衝して実現するまでの活動に張り合いを覚えている。活動のいくつかは努力の末に事業化ができず、結果的に徒労に終わることもあった。しかしその活動を通じて、途上国に対して彼らの活動に刺激を与えたり、関係する分野の技術を伝えたり、問題への取り組み方を教えたりすることになって、長い目で見れば決して無駄にはなっていないことが分かる。

資金の問題は別として、仕事が成功するか否かの大きな要素は、メンバーがその仕事に如何に没頭できるかである。子供がクワガタ捕りに没頭するように、歳をとっても没頭する何かをもち、情熱をもって継続すれば、何らかの成果を得ることができる。そして何より生きがいに繋がっていく。

趣味の世界では、絵を描くにせよ畑で作物をつくるにせよ、自分の好きなことのために没頭することができる。そうして活動するうちに成果となる作品や作物ができることが面白い。

ボランティア活動も、そういうものであれば結構なのだが、素晴らしいアイデアにはじまる事業でも、相手国が必要としている事業でも、その資金が必ず調達できるとは限らないところに問題がある。そうさせない事情が社会の組織の裏にできていることもある。

しかし、先に書いたように、事業が実現しなければすべてが徒労になるとは限らない。対外協力によって相手国に植えつけられる計画性、研究心、実施方法など、技術協力の跡は何らかの形で残るのだ。

〈クワガタ捕り〉に没頭する子供の集中力、それは今、シニアの余生の生きがいのためにこそ求められている。

5―5　ため息と念仏

妻は弟の世話のため今朝早く家を出た。

義弟は気づかぬうちに糖尿病を患い、視力も落ちて介護施設に移さざるを得なくなった。移転にはこちらも立ち会ったが、国会議員を務め自分より一〇歳も若い世代が介護を受けることに驚きと情けなさを感じる。

準備された朝食を独りでとりながら、彼の人生を思い、知らずしらず心の中で念仏を唱えていた。長寿国日本と評価された国だが、現在の老齢者の生活や行き詰まった家庭の問題を考えるとため息の出る毎日である。

一人の人間が長い人生を全うすることは大変なことではある。悩みも苦しみも多い。テレビの政治評論で時々顔を見る姜尚中（カンサンジュン）氏が自著で書いていたことを思い出す。彼は母親から、

「人生は苦しい。悩みが深いときは大きなため息をつきなさい。そうすれば楽になる」と教えられたという。

在日の家族にとって生活の苦しみは日本人以上に大きなものがあるだろうと推測する。それを耐えて最高学府の大学院教授まで上り詰めたのだから大変な努力家だと思う。人生ではため息をつくことも多かったに違いない。

そんなことを考えながら、ため息と念仏の違いについて考えていた。

知人の医師によれば、大きなため息をつくことは、深呼吸をするのと同じで、悩み事でしおれていた体に息を吹きこみ、血液の循環をよくする。それが疲労を回復させて体に元気を与えると言う。生理学的には確かに理にかなったことと思われる。

ため息は悩みを「仕方ないこと」として息とともに吐き出す。しかしそれで心の問

題が解決したわけではない。惜しむらくは、信仰は違っても、ため息の後に念仏を唱えればなおよかったのではないかと思う。念仏は心の救いである。

念仏は「全能をもって衆生の苦しみを救わん」とする弥陀の本願に気づくことである。自分が苦境に立ち、絶望に落ちたとき、まだそこに仏の慈悲、仏の救いがあることに気づいたとき、心に灯がともり悩みが解かれる。

昨夜のテレビで「ためしてガッテン」が長寿ホルモンなるものを話題にしていた。当然、誰もが知る長寿の双子、金さん銀さんも対象になった。

二人は以前から自分たちの長寿の原因を知りたいと希望していたらしいが、死後に行われた解剖によると、二人の血管や内臓が同年齢の人の平均値より二〇歳も若かったことが判明した。それには長寿ホルモンが働いていたと考えられるという。

内臓脂肪でつくられるホルモンの一種にアディポネクチンと呼ばれるものがあって、動脈硬化や糖尿病、がんの予防に作用することが日本の研究者によって発見された。マウスを使った実験で、通常、高カロリーのエサを与え続けたマウスは寿命が縮むのに対し、アディポネクチンを与えたマウスは、寿命が延びる結果が出たという。

金さん銀さんに娘が三人いるが、いずれもすでに九〇代前半まで生きており、長生きである。血液を分析してみると、いずれも日本人平均の二倍から三倍のアディポネクチンをもっていることがわかった（ちなみに日本人の平均は男性八・六μg、女性一一・八μg）。

番組では年齢、性別、その他環境の違う人たち一〇〇人の被験者を選び、血中に含まれるアディポネクチンの量を測定したところ、ワーストが四〇代の男性二人で、それぞれ三・九μg、四・三μgだった。この違いの原因は喫煙だと想定されるという。一方もっとも多くのアディポネクチンを持つのが一〇代の少年で、二四μgもあった。少年のレベルではホルモンの生成も活発で、それを邪魔する生活習慣もまだ少ないためだろう。

また驚いたことに、今まで悪者とされていた内臓脂肪が、実は種々のホルモンをつくりだし、長寿ホルモンもつくっているということだ。脂肪による肥満は健康に大敵とされていたのに、一体どういうことか。

実は肥満は内臓脂肪の細胞の数を増やすのではなく細胞を太らせていることが分かっている。そして太った細胞が押し合ってお互いに間隔をせばめ、間を通る血管を圧迫する。このため血流が止まり、ホルモンを出せなくしているのだという。

一方、皆のためにアディポネクチンを造ることができないのかということだが、番組によれば、すでにその研究が進んでいて、人工のホルモン「アディポネン」が開発されて、今後、糖尿病などの対策に生かされていく予定だという。

生命に関する科学の発達は目覚ましい。生きている間にこんなことを知ることができるだけでも素晴らしいことだ。しかしながら、寿命は延びてもいずれ誰にも最後があり、死はやってくる。死ななくても人生の苦悩がついてくる。大事なことは、それまで如何に健康で幸福に過ごせるかである。健康とは身体的なものだけではない。WHOが定義しているように、フィジカルにもメンタルにも健全であることが「健康」なのだ。

仏法を方便に使っては申し訳ないが、メンタル・ヘルス（精神衛生）を促進させるためにも、念仏が役立っていることを指摘したい。仏の教えに触れ、経を読み、念仏を唱えることが、心を広げて安定させ、身体を活性化させて、長生きすることにも役立つのだ。

5－6　信仰へのアクセス

大震災

その時私は駅前ビルの六階にいた。

書店で本を探していると、突然床や天井が動き出し、太いコンクリートの柱までギシギシと音を立て始めた。私は揺れの様子を見て、取るべき行動を考えていた。近くにいた客たちも腰をかがめて立ち尽くし、廊下では老夫婦が床に倒れ込んでいた。揺れは収まる気配はなく、一層大きく揺れている。「落ち着いて下さい。大丈夫です。落ち着いて行動して下さい。このビルは大丈夫です。安全な場所で待機して下さい」と女性の声でアナウンスがあった。それからも揺れはひどくなり、本屋の棚から大量の書籍が次々と落下してきた。「これはひどい。六階でこの揺れだから地上の家並みは全滅ではないか」という心配が頭をよぎった。

やっと揺れが収まったとき、急いでエスカレーターで地上に向かった。ステップを飛び下りながら、「エレベーターが動いている！」、ということはビルは大丈夫なのか？　と思い、地上に出ると、何と低い建物群は何事も無かったように立ち並んでいた。

それを見てひと安心したが、わが家がどうなったかが心配である。家内も出かけている筈。

駆け足で自宅に戻ると、食器棚の一つが開き、いくつかの食器が重なって床に落ちている。二階への階段を上ると、廊下に掛けた絵が外れて落ち、ガラスが付近に散らばっている。書斎に入ると、机や椅子が移動していて、机上の書類が周囲に散乱している。書棚の一つが傾いて本が飛び出している。やはり揺れは大きかったのだ。家が壊れずに立っていることが不思議なほどである。

表に出ると近所の住民が道路にたむろしていた。余震はまだ続いていた。皆は建物や電柱の倒壊を避けるように道路の広い部分に集まっていた。

「怖いですね」と近くに住む年配の女性が心配した。

「余震はまだ来るでしょう、でも大丈夫ですよ」と、なぐさめるように根拠のない話をした。

あの日から一一年、行方不明者を含めて二万二七四一人の命が奪われた。被災地で行われる追悼の式典を告げるＴＶニュースを何回見たか。

この大震災では一〇メートルを超える大津波が襲い、多くの人々が海に流された。巨大な波が住宅を襲う光景、戻しの波に流される車がライトをつけて救助を求める光景、破壊された建造物に燃料貯蔵タンクの火がついて流されていく光景など、ＴＶで放送された画像はいまだに記憶のなかに生々しく残っている。

なかでも心に残るのは、災害の数日後、寒風に吹かれながら海岸をまわる一人の僧の姿である。行方不明者の捜索にあたった自衛隊員が目印に立てた黄色い竿の下で、僧は経を読み死者を弔っていた。


この光景に私は身の引き締まる思いがした。家族による捜索もままならず海岸の岩場に残された遺体、人生の半ばで突然に命を奪われた人を弔う僧の姿。これこそ人間の人間たる姿である。

すでに地震から数日が過ぎていたが、ＴＶに映る無残な災害の爪痕を見て、流された人々の行方を思い、私はいても立ってもいられなかったが、そのとき見たのが一人の僧の姿である。感動のあまりその僧と、画面に見えぬ死者に心の中で手を合わせた。

自然の脅威と人間の命、その厳しさのなかで弔われるひとりの命。人間の世界でこれほど厳粛で尊いものはないだろう。

ちなみに、ある寺院では何十人もの避難者を収容していたことも忘れてはならない。この災害で家族を失った人々、命を救われた人々、自然の恐ろしさの中で生きる人間の心に、何か救われている気持ちがある。

信仰へのアクセス

現代人の宗教離れが激しい。欧米で若者の宗教離れが問題視され出したのもかなり前からだが、最近の日本の状態は特筆すべきものに見える。

宗教改革の一つの拠点となったジュネーヴは敬虔で厳格な新教徒の街だが、私が国連機関のジュネーヴ本部に勤めていた一九八〇年初め、ここでも教会に行く若者が減り、宗教離れの傾向があるとスイス人スタッフから聞いた。


なぜそういう状況が進んでいるのか。

考えてみると、一つの原因は人間の行動が、心の動きを含めて、生態学や遺伝子学などによって科学的に解明されてきたこと。科学が進み、世界の創造は神によるとする旧約聖書＊の教えも、もはや一般には信じられていないこと。一方、経済活動とレジャーが生活の中心を占めて、人々が多忙になり宗教的な慣習に参加する時間を奪われたことが原因ではないかと思われる。

もう一つの原因は、以前からあることだが、時代時代に似非宗教が台頭し、信者を食い物にするケースが出てくることだ。オウム真理教や世界統一教会のように家庭の崩壊にまでつながる社会問題をつくったことが、一般の人々を本来の伝統的な宗教とその儀式にまで不信を抱かせるようになったこと。これが一番大きい直接的な原因だとも言える。

それらに加えて、新型コロナ・ウイルスの蔓延である。感染防止という行動が伝統的行事と宗教的行事への参加を妨げている。

シンガポールのリー・クアン・ユー元首相は自分は無宗教だと言明した。彼は客家と呼ばれる貧しい部族の出身ながら、ケンブリッジの法科を最優秀で卒業。弁護士として働くうちにいろいろな民族や家庭の背景にある宗教の問題も見てきたに違いない。マレー連邦で一緒に独立運動を起こした仲間は回教徒であったし、シンガポールではヒンズー教徒のインド人もいる。こういう多民族国家をまとめることが求められてきた首相として、自分の宗教を開示するだけでも国政に影響を与え、社会不和の種になりかねない。彼は宗教をもたないとすることによって、宗教から起こりうる問題を避けたのだろうと思われる。

世界の各地で、難民を含め民族の多極化が進み、宗教が民族間紛争の起因となるケースが増えている。社会の分裂や紛争を避け、国民の融和のために特定の宗教を主張することを控える動きもある。

日本はまだ単一民族国家と言える社会である。そんな国でさえも宗教が遠ざけられ、衰退していくことに何か注目すべき原因があるのだろうか。

前に挙げた歴史的な理由の他に、やはり戦後長い間に、アメリカから受け続けた退廃的な文化の影響が少なくないと思われる。特にベトナム戦争以来、アメリカ社会の矛盾に若者の不満が拡大し、爆発した。反戦運動に向かった若者もいたが、ヒッピーという世捨て人になる者、ダンスや麻薬で不満と不安を打ち消そうとする者などが出た。映画では破壊に次ぐ破壊が再現され、主人公（ターミネーター）が悪と戦い、制覇しても、荒廃の中にヒーローだけが立っていて人や社会が見えない。人々への思いやりは忘れ去られ、平和のイメージは見えてこない。

日本にはまだ、人々のうちに他人に対する思いやりの心が残っている。世界の宗教の先行きに比べ、日本ではその心がある限り、宗教の先行きも暗いものではないと思われる。

産業界のリーダー稲盛和夫氏や仏教学者の梅原猛氏らは、自らの事業や研究で得た思考の上に仏教の教えをふまえて、「思いやりの心こそが日本と世界の問題を解決していく道」であると言う。

意外にも、キリスト教の背景をもつ元外交官の佐藤優やTV解説者の竹村健一なども「寛容と多元主義が世界を変える」と発言している。共通しているのは「人への思いやり」である。

明治時代、真宗僧侶で哲学者の清沢満之は、仏教を「自己の心の内奥で感得すべき真理」であると捉え、昭和期に世界的に活躍した禅宗の哲学者、鈴木大拙は、科学が世界を支配する時代だからこそ、「宗教は個々人の固有の経験から掘り下げて求められるべきものだ」と考えたように、戦前から社会変化に応じた信仰の基本的な方向が見極められている。

だが、コロナの感染拡大など社会状況の急激な変化の中で、儀式や行事、集会が制限され、法事などを控えざるを得なくなっていることは、今後の社会に無視できない影響を残すかもしれない。

仏教ではその始まりから心の問題を考え、人々の迷いや悩みからの救済を考えてきた。現代人の悩みは昔と本質は変わらないが、複雑になっている。それ故に今こそ人々は信仰の大切さを認識すべきだと思う。法事とよばれる宗教的儀式は、信仰に触れ、信仰に至る機会をつくるものであって、若者も決して忌避したり無視したりすべきではない。むしろ能動的に参加すべきものだと思う。

いつか心の悩みに答えを得ようとするとき、宗教によって救われることがあり得るのだ。

信仰を持たないが故に、心の悩みを解くことができず、悲惨な事件に繋がっていくことが現代社会では余りに多い。若い人たちが伝統宗教に触れ、祈ることを知れば、そこから必ず得られる解決があると思う。

＊天地創造について、ローマ法王庁のある法王は、「生物の進化は神によってす

でに設計されているのだ」という考え方を示している。しかし創造論と進化論の間の論争は決着していない。

6　自分と仲間の活動

6－1　シニアの対外協力

事業の例

ボランティア活動というのは誰もが自由にやっていいものだ。しかし目的は社会の改善や問題の解決にあたることで、多くの場合費用は自己負担である。

私たちの会、ＯＶＡＳは、シニア海外ボランティアとして、ＪＩＣＡを窓口とする政府の対外協力事業に参加し、途上国の発展のためにいろいろな分野で活動してきたＯＢの集まりである。

二年程度の任期では求められる技術やノウハウを充分伝えることは難しく、任期が終われば相手先との関係も切れてしまう。ボランティアの任期が終わった後でも相手国との協力が維持または拡大できるように作ったのがわが会である。

その総会に会員たちが集まった。場所はＪＲ飯田橋にある都の「東京ボランティア・市民活動センター」。当会の会員は数十名いるが、その多くは北海道から九州まで散らばっているため総会に集まれる人数は限られる。

常任理事の武藤さんが出席者数と委任状の数を報告し、総会が成立したことを伝える。議長を選任し、開会を宣言。そして私の挨拶と報告である。前年度の活動のレビューと次年度計画と、今後の方針などについて話す。議長のマルヤマさんが各議題について出席者の質疑を促し、次年度の活動計画と予算について承認を求める。

毎年同じような手続きで少々うんざりするが、理事会で打ち合わせ、総会で承認し議事録を残して、いつでも法人に移行できる体制をつくっている。

ＯＶＡＳは各種の分野の技術移転と文化交流を中心にした対外活動を行って一〇年以上になる。この間、中国桂林市の造成する日本庭園への協力やマレーシアのサバ州自然林公園での植林と道路整備など、協力のモデルとなる事業を実施してきた。

桂林の件では派遣中のＪＩＣＡボランティアで当会会員の沖中さんが設計管理をやっている。加えて造園や和風建築の専門家が派遣されたが、当会は和風建築の人選に協力した。中国の反日運動のさ中で、日本庭園プロジェクトを進める桂林市に敬意を表し、有志メンバー十数名の寄付によって石灯篭五基を寄贈した。また茶室の造営にあたって、茶道裏千家の協力を得て、蹲踞（つくばい）と灯篭一基を設置したことは記念すべきことだった。

これらの灯篭には「日中友好の灯」と彫り込まれている。

完成時には、桂林市と公園局の関係者が訪日し、東海と裏千家、ＪＩＣＡを訪問、日本の協力に感謝し、友好を温めたことも特筆すべきことである。

マレーシア、サバ州の事業では国土緑化機構の海外緑化センターの支援も得て、キナバル自然公園での植林と園内道路の整備を行った。植林活動には当会メンバーの他、現地のロータリークラブの会員や家族、大学の学生たちが参加した。この地には日本の他の団体も植林を行っているため、それらに繋がる道路を整備し、ゲートには日本の協力を示す大型の屋根つき表示板を設置した。

一昨年来、ＯＤＡ予算を利用した経済産業省の中小企業の海外進出支援の動きもあって、当会も従来の純然たるボランティア事業から、ビジネスモデルを使った途上国支援に転換を図った。

世界の学校教育で科学技術教育が重点化される中、ポリテクニック（高等工業専門学校）で電子工学を指導した武藤さんが中心となって、地方の子供たちのためのパソコン教室のネットワークを提案し、子供のプログラミング能力育成の計画を進めた他、下水処理の専門家グループが土壌微生物を利用した安全・安価な地中埋没式の下水処理施設の普及も進めてきた。

しかし、ビジネスにしても無償供与にしても、コンサルタント企業や商社などと競うことになると、体制からしてＮＧＯにはハンディキャップがつく。

これらの現実にどう対応していくかが、会と関係理事の踏ん張りどころである。

活動の現場

その一つの例がフィリピンの村落開発事業である。

イロイロ島にあるツンブンガン郡の貧しい農村を、新しい灌漑システムと土壌菌による土地改良によって二毛作にし、コメや他の農産品の生産を上げ、農家の収入を増やして生活改善を図る計画である。これをＯＤＡ事業としてＪＩＣＡに提案し、事前打ち合わせを行った。

もともと貧しく、化学肥料が使えなかった農地を、安価で有機的な方法で土質改良することに現地の農家はもちろん郡の役所も大いに期待した。

何度も現地調査を行い、詳細な企画書をつくって、ＪＩＣＡ経由で政府の協力予算を申請した。ところが、予定採用枠四〇件に対して、予想外の一六〇件もの応募があり、残念ながら惜しいところで対象案件から外れた。計画は評価されたのだが、土壌菌の性能評価とコンソーシアムの実施体制に不安をもたれたらしい。

このプロジェクトには、担当する当会のメンバーが自前で何度も現地に出張した。その本格的な調査グループは、いろいろな分野の専門家五名と現地で協力するサポーターからなる七名の調査団だった。その中には、事業運営を担当する専門家、稲作・農作物の技術専門家、土壌菌の開発者、灌漑システムの専門家、それに相手側との折衝と全体の調整を行う私が含まれる。現地サポーターはイロイロ州とツンブンガン郡の職員。総勢七名が一週間にわたって現地調査を行った。

協力相手となるイロイロ州の側は、ツンブンガン郡の若手郡長（メイヤー）と郡の農業指導員、対象となる村の村長と住民。

郡長（メイヤー）は、貧しい山村を改善したいという強い思いがあり、当方との打ち合わせが終わると、早速村長に指示して、現地説明会を準備させた。

翌日、村の集会所には八〇名を超える住民が集まり、郡の報告と我々のプロジェクトの説明を、目を輝かせて聞いた。

山の上にある集会所は相当大きな建物だが、すべて竹材でできている。それに高廊下で繋がる来賓室もすべて竹造りである、貧しいながらも、現地で手に入る材料を使い、自分たちの力でうまく生活環境を作り上げていることは驚きである。

住民は期待に胸をふくらませて話を聴き、疑問点について手を挙げてどんどん質問してきた。イロイロ州はスペインが植民地化する当初から教育に力を入れた地域で、大学も専門学校もあり知的レベルは高い。地域の人たちの生活改善の切実な思いと、調査団グループの熱意が合致して、説明会は期待に満ちていた。

当方も早急にプロジェクトの見通しをたてるため、予め持ち込んでいた土壌菌を農業大学に提供し、農作物への試用とデータの収集を依頼していた。また農民のたっての要望に応えて、大勢の参加者の前でナルナル菌の培養方法をデモンストレーションし、実際に手を取って教えた。

期待される二毛作については、水田の一部を試験地として、ナルナル菌使用と通常栽培の比較実験を行う計画も立てた。灌漑システムの改良と壊れた施設の修理工事などについては、その方法と、組み石職人の養成や作業の進め方まで説明した。生産する野菜や果物についても、地元の市場はもちろん、近くの観光地セブ島のマーケットまで調査し、生産品目やその需要動向の見通しを立てた。

こうして調査団の活動は詳細にわたり、もはや単なる調査ではなく、技術協力そのものだったと言っても過言ではない。

郡にも村にもホテルはなく、調査団は村の空き家を借り上げて宿泊場所とした。毎日の夕食も宿舎で自炊。買い出しをする者、料理をする者、席や食器を準備する者など、各自が自主的に動いた。料理ができ上がると、中庭に持ち出した椅子で、車座になって食事をする。そして誰かが目ざとくどこかで買い出してきたビール、それを飲みながら昼間の打ち合わせの続きをやる。

調査で出てきた問題を話し、その解決のためアイデアを出し合う。そして行動予定の打ち合わせ。まさに計画を動かすための意欲のこもったブレイン・ストーミングだった。

食事を楽しみ、冗談を交え、しかし熱心に話し合って過ごした時間は、日本の日常ではあまり経験しない素晴らしい会合だった。

夜は寝室だけでは足りず、リビングのあちこちに設えたベッドで各自が思い思いの格好で寝る。その前に浴びるシャワーも一つしかなく、順番を待たなければならない。朝、眠りこけた面々は、けたたましい雄鶏の声で起こされた。近くの農家から聞こえる一番鶏である。それに続いてあちこちの農家で鶏たちが代わるがわる鳴き声を上げる。〈鶏の時報〉である。昔、日本の田舎で聞いた情景を思い出す。だが少々度が過ぎている。

「まったくうるさいくらいだね」起きだしてきた一人が言うと、

「昨夜一羽いなくなったんだけどね」と一人が言った。

しばらくして皆が大笑い。昨日の夕食は鶏のから揚げだったのだ。

苦労と不便はあるが、こういう環境に自らをおいて話し合う課題、のどかな自然の中で味わう生活、それこそ現地調査活動の醍醐味の一つなのだ。

6－2　お金と仕事

お金とは何か？

退屈しのぎに、ある格言集を見ていると、「お金がないとき」という項目があった。いくつかの格言を「なるほど」と納得していたが、中に次のような気になる言葉があった。

「金がないから何もできないと言う人は、金があっても何もできない人間である」阪急電鉄やデパート、ホテル、宝塚歌劇場など作った小林一三氏の言葉である。まともに読むと、ちょっと辛辣に思えるが、じっと考えているとこれは、

「金がないからといって諦めてはいけない。また、金があったら頭を使ってやることをやれ」という戒めではないかと思った。

ちょうど、我々海外ボランティアの会が計画する事業に資金が得られず、今後この活動をどう進めるべきかと思案していた時だった。小林氏の言葉をボランティア事業

に当てはめて考えるとどうなるか。いろいろ考えてみたが、格言の言葉はボランティア事業の場合、少し意味が違うのではないかと思える。

通常の営利事業では将来に上がる利益を期待して投資が起きる。しかし、ボランティア事業は相手に対するチャリティー（奉仕）であって、相手に改善と進歩という成果を与えるが、投入された資金は返ってこない。また、国内の活動と違って海外での活動は比較にならないほどの資金を要する。

一方、途上国のことを知り、真剣に考えれば、やるべきことはいくらでもある。現場の実態を調べて、問題の解決を図るには、協力する人材の他に、相当の経費や資材が必要となる。償還されないそれらの経費をどう調達していくのか、というのがボランティア事業の特殊性であり、難しさである。

実施する事業が会員や篤志家の献金で賄えるような事業でさえ、それを実施することは易しくないが、それを超える案件となると政府やＪＩＣＡ、または民間のドナーを動かして支援を得なければならない。これが仕事をより難しくする。資金を得るためには、しっかりした提案書をつくることが求められる。現地に出張し、相当期間滞在して調査を行い、相手との打ち合わせを行い、計画を立ち上げて提案書を提出することになる。そのために相当の経費を必要とするのだ。

政府の無償資金援助を申請しようとすると、多くの活動団体や企業までが押しよせて競争となる。案件が採用されなければ事業はできず、それまでに掛かった労力と経費がほぼまるごと無駄になってしまう。

非営利のNGOでできることではないと諦めてしまえばそれまでだが、現地を知り、困難にある相手を何とかしたい、と思えば簡単に終わりにすることはできない。ボランティア事業と言っても、「資金が無いから何もできない」とは簡単に言えないのだ。

格言集では、「貧は賢い人の足かせ」というシリアの格言があるかと思えば、「貧は世界の福の神」などという熊沢蕃山の逆説的な言葉もある。

「金銭は何人(なにびと)たるを問わず、その所有者に権力を与える」と言ったのは、英国の評論家で、篤志家でもあったジョン・ラスキンである。

「そういうものか。しかし権力などいらないから、資金が欲しい」、と言うのが私の気持ちである。決して少額ではないが相当する資金があれば、自分たちの考えている途上国支援の事業は、すぐにも実行できるのだ。それ程にわが会の会員たちはしっかりした技術的蓄積と協力の熱い熱意をもっているのだが資金が無い。

ＪＩＣＡの草の根支援という少額支援でさえ、採用されることは容易ではない。そこで考えた苦肉の策と言えるのが、先に書いた「海外協力の現場」の事例である。どうせ会の関係するメンバーが自費を使って現地に出張して活動するなら、それを即プロジェクト活動にしてしまえばどうかということである。

もちろん時間と経費は限られるから、事業をやり遂げることはできないが、とにかくやるべきことを始めて、現地の住民やＮＰＯに引き繋ぐことである。

チャリティーの精神

我々の活動に外部の支援を受けたケースはいくつかある。それは単なる資金援助ではなく、活動の連携である。桂林の日本庭園造成では茶道裏千家から灯篭や蹲踞（つくばい）の寄贈を受けただけでなく、日本を訪れた桂林市と園林局一行を京都に招き、今日庵で茶会を開くことができたし、東京小石川の函徳亭では、歓迎会を開いて日中の交流を深めた。キナバル自然公園での植林活動では国土緑化機構の資金を得たが、当会も同額を支出し、その植林事業には会員が多数参加しただけでなく、支援相手の公社職員や、現地のロータリークラブの会員や大学生が参加し、ボランティアの交流の場となった。単に資金を出すだけでなく、植林と言う事業を相手と当方、ボランティアが共同して事業を実施することが大事なのである。

そもそも自分たちが海外協力のNGOを設立して、今まで活動できたのは会員の努力だけでなく、発端として、ある篤志家（チャリタブル・マン）の協力があったからだ。

その篤志家とは、私の小・中学校時代の同窓生、奥井明春君である。その慈善金（チャリティー）がマレーシアのポリテクニック（高等工業専門学校）の生徒の奨学金になり、当会の設立資金の一部となったのだ。

奥井君は純朴な人柄で、皆から親しみを込めて、「アケさん」と呼ばれていたが、彼は大変な努力家だった。戦後の生活は皆にとって厳しいものだったが、彼は小さい時から家業を手伝い暗くなるまで働いた。家庭を助けるため高校進学も断念し、都会に出て働いた。ビル・メンテナンスの仕事につくと懸命に働き、夜学に通って高校、大学も卒業した。その内に自分の事業を起こして、業界の顔と言われるまでになった。

自分の事業だけでなく、業界の世話役としても働いている。

一九八七年頃、彼はシンガポールにいる私を訪ねてきてくれた。長いブレイクの後の再会を喜び、酒杯を交わして懇談した。話をするうちに、彼が世界情勢に関心をもち、日本の状況にも懸念をもっていることがわかった。日本と海外の関係をもっと何とかしていかなければ、ということに彼と私は意気投合した。「僕も国内でいろいろやってきたけど、あなたの活動は素晴らしいね。日本のあるべき顔を示してくれているんだ。僕も何か途上国のことに貢献できれば、と思うんだが……」と言った。

「いや、国連では出身国の立場で動くことはできないことになっているんだ。……実際には大国をはじめ、表裏で政治的に動いていることがあるけどね」

と言う私の言葉に、彼は顔を曇らせた。だからこそ、日本もしっかりしなければならない、ということはすでに二人の確信になっていた。

それから長い年月が経ち、私はＷＨＯを退職し、政府のシニア海外ボランティア事業のためＪＩＣＡのクアラルンプール事務所に勤務していた。

ある日、自宅の郵便受けに届いた航空便を見ると、何と奥井君からである。それにはこうあった。

「（前略）………日本ではまだ、海外のことは他人事としか考えない者が多い中で、国連機関で要職にいたあなたが、今シニア・ボランティアとして働いていることに頭が下がります。我々同級生仲間では世間で出世してきた者もいるが、海外との協力という点では殆ど何もできていません。あなたが国連を含めて長年、国際協力に働いてきたことは素晴らしいことです。

僕もいつからか余裕ができて、海外旅行をし、アジアやアフリカの貧しい生活も見てきました。どの国でも、人々は貧しいながらも一生懸命に生きています。それに比べて日本はあまりにも恵まれて、人が安易に生きているように見えます。貧しい国では人々が純朴で人懐っこく、お互いに助け合って生きているのに、裕福な日本では逆に利己的になり、他人に対する思いやりをもっていないのはどういうことだろう。それどころか今や、政治家や官僚、企業までが社会を欺くようなことをやり、若者は暴力と犯罪に走っています。

（中略）

僕はすでに仕事を息子に引き継いで自由な身となり、できればボランティアとして途上国に協力したいと思いますが、特に専門技術があるわけでなし、ご存じのように心臓病を患っています。手術を受けてからも常に身体の不安を持っていて、海外に出て働くなどと言うことはとてもできません。その僕にできることと言えば、お金で協力することくらいです。少しばかりの金ですが、あなたから見て本当に相手に役立つと思われることに使って下さい」

一人、ガランとした居間でこれを読み終わったとき、私は感動に震えるのを覚えた。彼の途上国の人たちに対するいつくしみの気持ちと、自分に託されたことへの責任感で、しばらく立ち尽くしていた。そして、これこそが本当のチャリティー精神なのだと思った。

翌日、私は彼にお礼の電話を掛けた。

「手紙受け取ったよ。ご提案有難う。君の気持ちは大変嬉しいよ。しかし、これはどこか公機関を通してやるべきだと思うんだよ」と言うと、彼は、

「いや、これはあなたに使ってほしいんだ。実は今までに他の国で、公的なルートを通してやったんだけど、適切に使われたとは言えないんだよ。やはり現場で働く人に直接使って貰うことが一番いいと思うんだ。あなたが現場にいることだし……」と説明した。

そこで私はＪＩＣＡ事務所の了解も得て、仲間のボランティアたちと相談し、シニア五名がまとまって勤務するイポーのポリテクニックの学生支援に使うことにした。家庭が貧しくても、努力して優秀な成績を修めた学生に報奨金を送ることにしたのだ。学校に手紙を書いて提案し、電話で趣旨を説明した。具体的な打ち合わせはポリテク建築科で働く沖中さんが仲介してくれた。

もちろん学校側は大歓迎である。奨学金の授与式は学校の卒業式に合わせて行うことになった。学校から奥井氏夫妻をはじめ、私と、このために日本から駆けつけた仲間までが招待され、授与式は学生と保護者など三千名近い出席者のもとで行われた。

マスター・オブ・セレモニーから奥井氏の経歴と奨学金の意味が説明された。貧しい環境から努力して業界のリーダーともなった彼の経歴が紹介されているとき、聴衆は静まり返って耳を傾けていた。そして奥井氏が呼ばれて壇上に立ったとき、会場から「オーッ」というどよめきのような声が上がった。奥井氏が校長に向かって奨学金の証書を手渡すと会場から盛大な拍手が送られた。

彼の真摯な慈善の精神が、この栄誉あるセレモニーで歓迎されたのだ。

その数年後、任期を終えて帰国した仲間たちの会合で、継続した海外協力のためＮ

GOの設立を検討していたとき、奥井氏の支援が強く後押ししてくれた。それが当会の活動の原動力となった。奥井氏は名誉理事として総会にも参加し、時折、大事な意見を出してくれたが、いつも社会への気配りは変わらなかった。

前年末から心臓の状態が悪化し、二〇二三年四月、残念ながら奥井氏は亡き人となってしまった。

故人が生前に示された社会と世界に対する理解と人間愛、それに基づくチャリティーに対し、深い敬意と感謝を表し、わが会は心からの弔文と献花を捧げたのである。

6−3　国連での日本の影響力

集団的自衛権が問題になっている。

確かに地域防衛のために必要とされる体制だが、今まで日本が認めてこなかった「同盟国の他国に対する戦争」に、自衛隊が協力することを認めるか否かが焦点になっている。これは日本が大きな戦争に巻き込まれるきっかけになるのではないかという国民の恐れがあるからである。

武力を強化すれば相手も同じことをやり、結局際限の無い軍備競争になる。これは歴史が示している。また、一旦戦争を始めれば収拾が非常に難しいこと。これも先の世界大戦やベトナム戦争、最近のロシアのウクライナ侵攻を見ても分かる。

だからこそどの国も相手国との紛争に、戦争ではなく「平和的解決」を目指さなければならないのだ。太平洋戦争の反省から日本は武力放棄を憲法にうたい、平和国としての道を歩み、世界の信頼を得てきた。だが近隣国が一方的に境界を拡大し、既成事実を積み上げて侵略しようとする現実がある。尖閣諸島の問題を抱える日本だけでなく、東南アジアの友好国が領土、領海を侵されているとき、それらの国とともに中国の覇権拡大を阻止するため、必要な防衛体制を取っておくことは重要なことだ。

しかし、より重要なことは〈紛争を戦争なしに解決すること〉であり、そのためには外交戦略を強化することが、特に武力を放棄した日本にとって、最も大事なことである。

国連の日本人職員数

重要な外交の場の一つが国連である。ところが、日本は国連機関で充分な発言力をもっているかといえば、大いに疑問である。多額の協賛金の負担に拘わらず何故発言力がないのか。国連本部をはじめ、あらゆる国連機関で日本がアンダー・リプレゼンテーション〈過少参加〉になっていること、即ち日本人の職員数が、適切とされる数値を大幅に下回っていることが理由の一つだと思われる。すべての国連機関で、日本人のプロフェッショナル・スタッフ（専門職）が一〇〇〇人に満たないという現実こそが発言力の弱さだと言える。それも単に員数が少ないという問題ではなく、中堅、上層幹部として働く日本人が少ないため、国連の政策に影響を与えるほどの力になっていないことである。

日本では、やっと二〇一二年に国連職員のOB会、AFICSジャパンが立ち上がった。AFICS（元国際公務員協会）は国連職員OBの加入する団体で、国連の目的と計画を支援し推進することと、国連でのメンバーの利益を代表すること、メンバー間の社会的・個人的関係を促進して、相互扶助を行うことを目的としている。最初一九七〇年にニューヨークで設立され、その後各国に支部が設立されてきたが、何と日本は四二年後である。

ＡＦＩＣＳジャパン総会の席で、私は日頃主張するように、国連での日本人職員数を増やすこと、特に中堅、上級幹部を送り込んで政策立案・運営に加担することの重要性を訴えた。このことは多くの国連ＯＢが夫々の体験から関心を持っていることで、政府の国連代表部と国連本部で活動した久山さんはじめ、ＵＮＤＰ（国連開発計画）本部で働いた北谷さん、ＵＮＩＣＥＦ（国連児童基金）東京の山本さんなど、多くのメンバーから強い賛同を受けた。この場には外務省の国連企画調整課の人もおられ、彼には予めこの問題を立ち話で伝えていた。

その後、関係者で対策について打ち合わせを重ね、提案の骨子を作成し、それをＡＦＩＣＳの会議で討議した。目的は次の三つである。

1. 幹部候補養成制度の設立
2. 国連を目指す若者に対するセミナーの実施
3. 勤務中の職員に対する後方支援

このうち最も重要なのが幹部候補の養成である。私からその主旨を説明したが、これには次のようなメリットがある。

A．日本の平和志向の精神と社会開発と福祉の技術を世界に応用させること。それによって、世界のリーダーとして日本の存在を認めさせることができる。

B．国際機関で日本人職員がマルチラテラルな（多角間）活動を行うことによって、日本のバイラテラルな（二国間）外交と経済協力を強化することができる。

C．仕事のできる人材を送り込むことによって、負担金による貢献から人材による協力に重点を移し、より現実的な貢献へ転換を図れること。

D．人材を広く公募して、優秀な人材に国際機関へのチャンスを与えること。

出席者の意見を聞き、今後のＡＦＩＣＳの行動計画を話し合った。

総論はもちろん賛成だが、出来たばかりのＡＦＩＣＳの組織では手に負えないのでは、という意見も出た。これについては、別に法人格の実施母体をつくるとか、国連協会や外務省の国際機関人事センターなどの機関を補強して実施することも考えられる。ＡＦＩＣＳの当面の役割は政府に対して対策の必要性を訴え、具体案を提言することである。

最終的な提言を作るためにタスク・フォース（実行委員会）をつくり、提案書を作成。これを外務省に提出したのが二〇一五年後半。これだけで事の始まりから二年が経っている。それから一年半後に、外務省から連絡があり、国連政策局(現総合外交政策局)と国際人事センターとの話し合いの場を持つことができた。

事の動きの遅いことには呆れるばかりだが、日本の組織では常識のようだ。本件について外務省はすでに検討を行い、事態は少し動いていた。当方の提案に対し、次のような対策を実施しているとの説明である。

幹部養成については、取り敢えず国際関係のＮＧＯ、ＮＰＯなどで働く経験者を対象に、政府の機関、広島平和構築人材育成センターでセミナーの一部を応用して実施する。

能力ある人材の緊急的募集については、職業に就いて数年以上の実務経験をもつ人材を積極的に採用することを決め、すでにその方向に向かっている。

また人材発掘のために、外務省とＮＧＯで、大学生や社会人などに対するオープン・セミナーを実施している。などだった。

当方は外務省の意欲的な対策を評価するものの、それだけでは十分とは言えず、しっかりした幹部養成制度の必要性を説明し、続けて検討されることを要請した。また、幹部候補となる人材を広く公募して国民の関心を集め、国連をめざす人材に意欲を与える対策を実施することを提案した。

外務省とは今後も協力関係を強めていくことを確認したが、一方で学生に対する国連教育については、すでに文部科学省との間で進める協力案件がある。省の指定する国際化を目指す高校、スーパー・グローバル・ハイスクール（SGH）で実施されているプログラム（例えば生徒が作成したSDGｓポスターの評価）などへの協力を行っている。

一方、AFICS自身の活動として、大学と大学院生に対する実践講座（国連職員の仕事とは何か、どうすれば国連職員になれるかなどを、国連OBが自身の経験から話す一週間のプログラム）をオンライン形式で実施している。案内は全国の大学に通知し、地方からもやる気のある生徒が参加している。

これらの活動はもっと広範囲に、強力に実施していくことが必要だが、こうして微力ながら、国連勤務の経験者が省庁に協力することで、より多くの日本の人材を送り出すことになれば意義あることだと思う。

国連改革

ここで触れるには問題が大きすぎるが、国連の中にはいろいろな問題がある。最も大きな課題が安全保障理事会メンバー五カ国のもつ拒否権である。

現在の国連は国際紛争の予防と停止に効力ある行動が取れない。重要な決定を下そうとしても安全保障常任理事国ただ一国が反対すれば決定できず、総会に議案をかけることもできない。もう一つは戦争防止と抑止に直接働く軍隊を持たないことである。必要な場合に、理事会と加盟国との協定によって、平和破壊国に対して強制措置を取るための軍隊を派遣できるが、国連が常設の軍隊を持っているわけではない。事態によって、武力を使用する国連緊急軍（UNEF）、武力を行使しない国連平和維持軍（PKF）などを派遣してきたが、どの紛争でも国連部隊の駐留は長引き、その経費は時代を追って大幅に増大していく。

国連が扱う問題は安全保障だけではない。環境問題から食料問題、医療衛生対策、災害対策、戦争から起こる人権問題や難民対策。扱う問題は山ほどある。戦争と環境破壊から起こる問題は年々増大していく。それにつれて国連内部の部局が増設され、肥大化していく。

国連の改革が叫ばれてから三十数年になる。日本は一九六八年の総会で、「安全保障理事会の構成と評決手続き」について、国連創設以来はじめて問題提起した。また一九九二年には国連創設五〇周年を控え、再び国連改革の必要性を総会に提案した。「国連憲章の理念と目的を達成するには、加盟国の国連への全幅の信頼が無ければならない」とし、「国際情勢の急激な変化、加盟国の急激な増大、創設時には予想されなかった政治情勢の変化などをふまえて、時代に即した改革が必要である」と的確かつ風格ある言葉で訴えた。

アメリカはこれを日本の常任理事国入りの意志表示と理解し、支持した。その裏には、安保理内の決議を固めることの難しさがあり、アメリカに同調する国を取り入れたいという意図があったのかもしれない。しかし理事会内の説得をはじめ、総会決議に持ち込むまでのコンセンサス作りには決して積極的だったとは言えない。

国連改革については、一九九二年の日本の総会での提案以降、改革案について、多くのメンバー国政府や研究機関などで組織改革を含む研究、検討が行なわれ、重要な改革点が指摘されてきた。

しかし安全保障理事会の改革については、政府案の多くが理事会の構成に集中した。常任理事国を増やして自国や特定国、または地域の代表国を入れようとするものだった。

二〇〇五年の総会で、日本、ドイツ、インド、ブラジルのグループ（G4）による案、アフリカ連合（AU）の案、そしてコンセンサスグループと称するグループ（UFC）案の三案が提出された。

G4とAU案が常任理事国を六カ国増やし一一カ国とするのに対し、UFC案は現状維持、すなわち五カ国を提示した。拒否権についてはG4が一五年間は拒否権なし、AU案は拒否権あり、UFC案は、〈全常任理事国の拒否権行使を抑制〉するとした。

G4案はそれまでに三二カ国の賛同を得ていたが、UFCが他の案に対する反対運動を起こし、いずれの決議案も結局、投票に付されることなく会期終了となったという。政治的利害が異なる国やグループが競り合いを招くことになったのだ。そして安保理の拒否権問題も先送りになったままである。

一方国連内部のマネージメントの改革については、アナン前事務総長に続き、二〇一七年に就任したグテーレス事務総長のもとで、マネージメントの改善（事務局の体制、機能、作業方法）が進められている。

社会経済理事会傘下の活動

安全保障理事会が相次ぐ拒否権発動で、一部の成功例を除き、戦争防止に的確な役割を果たしてこなかったのに対し、社会経済理事会の下では、種々の国連専門機関が途上国や被災国、紛争国の市民の救済と支援に動き、重要な成果を上げてきた。日本は社会経済理事会の中で最大の貢献をしてきた国の一つである。

世界は人種問題や貧困、難民や経済問題が戦争の原因となっていることを再認識し、もっと社会経済理事会の支援活動に光を当てることが必要である。それによって紛争を減らし、相対的に安全保障理事会の役割と権限を減らしていくことも、改革につながる手段となるかもしれない。

これは一九九七年に私が書いた論文でも主張していることである。

実は国連機関で一六年間の勤務を終えた私は、国連改革の必要性を強く感じ、改革すべきことを記録していたが、ちょうど国連大学の記念事業に論文が募集され、これに協賛して「国連改革と日本の役割」と題する論文を提出した。

ここで〈組織〉の改革とともに〈機能〉に重点を置いた改革の必要性を訴え、研究の材料となることを期待した。これには多くの人たちの賛同を得て、佐藤栄作平和記念賞を受けた。

一方で小説『サイクロン—自然の断罪』(双葉社)を書いて国連機関の末端で起こっている問題を指摘した。そのあとがきには次のように書いている。国連問題の本質を表していると思われるので、抜書きしてみる。

「国連は世界の安全保障の分野では期待される役割を充分果たせていない。それに比べて社会経済開発の分野では、種々の本部プログラムや国連専門機関が重要な役割を果たし、大きな成果をあげている。

しかし、国連機関の中で、多くのスタッフが夫々の目的のために真摯に働いている一方で、メンバー国の政治介入、内部組織の幹部の専制、官僚的独善と非能率がはびこっているのも事実である。国連の本来の目的を忘れ、活動を阻害しているこうした障害はぜひとも取り除かなければならない。」とし、日本の発言力について、「国連職員として働く日本人の数が少なく、発言力が小さいのも、その一端はいまだに常任理事国と欧米の既得権が存在しているからだと言える。国連における戦勝国の優先意識を改めなければならない。一方で、旧植民地国の宗主国に対する被害者意識が、組織内でトラブルの原因になることがあるが、そういう事態はあってはならない。過去を反省して、人類共通の目的のために働こうとする国連の場に、かかる感情を持ち込むことは厳に排除されなければならない。」

またメンバー国、特に常任理事国政府の国連行政への介入について、「多様な人種の集まる国連機関での仕事は容易ではない。国連は違った習慣や対立する利害をごり押しする場でもなく、特定国政府のために陰で働くことでもない。国の利害を乗り越えて、国連の理想とする人類共通の目的のために、いかに協調して能率よく働くかが求められている筈である。」として目的の再認識を訴えた。そのために「メンバー国は国連を監視し、その機構や制度を実効あるものにしていかなければならない。それにはメンバー国と国民の強い関心が必要である。」

また国連で働く人材については、

「国連の仕事を左右するのはそこで働く人たちの、〈資質と心構え〉である。職員が真の国際人としての自負を持たなければ目的は達成できない。そこには世界の〈善意と英知〉が求められている。」と。

この主旨は今でも変わるものではない。世界の人種の集まりの中でうまくやっていくためには、凝り固まった官僚意識や国の利害を超えて、時には清濁併せ呑むほどの弾力的な思考と判断、采配が必要なことも認めなければならない。

安全保障理事会が一致しない限り、国連は戦争を抑止する手段を取ることができない。皮肉なことに、ウクライナ侵攻は常任理事国自体が起こしたものだ。これは言わば安保理自体の瓦解であり、まさに国連が緊急事態にあることを表している。今こそ組織と制度の改革に世界が全力を尽くすべき時である。

＊国連設立の事情

設立の裏側を知る英国の元外交官によれば、国連はサーカスのテントだと言う。戦勝国として領土と権益を主張するロシアその他をどう同調させるか、とにかく猛獣を一つの枠に入れるための方策が国際連合の設立だったと言う。第二次世界大戦を終息させるために、クリミアで開いたヤルタ会談では、目的は国際連合の設立だったが、ロシアの強い野心と横暴を抑えることができず、秘密裏に彼らの対日参戦を認めざるを得なかったと言う。

6-4　『日はまた昇る』か

満たされぬ思いを抱え、刹那的に生きているアメリカの男が言う。

「ぼくは耐えられないんだよ。人生が飛ぶように過ぎていくのに、こっちはただ流されているだけだと思うと……」

米国の作家ヘミングウェイの小説『日はまた昇る』で主人公が語る言葉である。

新聞の随筆欄に引用された言葉が、自分の若き日の苦悩を今また思い起こさせる。ちょうど高度成長期、生業となる仕事に就いたが、社会の矛盾を感じつつ忙しく働き、自分の人生を考える暇もなかった自分と、それよりも前の世代に生きたアメリカの若者に、共通する思いがあったと知ったとき、しばらく遠い回想に浸った。

この小説は確か学生時代に一度読んだはずだが、当時の自分には、〈飛ぶように過ぎていく人生〉がまだ実感として湧かなかった。むしろパリで自堕落に過ごすアメリカの男たちに侮蔑のようなものを感じた。

あれから五十数年、退職してからでも十数年、今振り返れば飛ぶような人生を生きてきた。そして今、毎日が日曜日のゆったりした自由な世界に浸っている。しかし、だからと言って、満たされぬ思いがないというわけではない。この齢になっても、あの時こうすればよかった、こういうチャンスがあったのではないか、などと悔やむことは多々ある。

編集子がコラムに書いていることは、選挙目当てにより大きな政治力を求め、あるいは政治構想をもって絶えず離合集散する政党、会派のことだが、サラリーマンにだってより高い立場や地位を求めて行動することはある。

不況と資金力、経営力の弱さによって企業が危うくなってリストラに遇うこともあれば、サラリーマンが自ら高みを求めて転職し、苦労を招くこともある。自分の場合はどちらかと言えば、むしろ後者の方だった。当時の社会でそれはかなり珍しいことであり、転職後はより厳しい環境が待ち受けていた。

ヘミングウェイが小説の主人公ジェイクに言わせた言葉に対して、一体自分はどうだったのかと考えてしまう。飛ぶように過ぎてきた自分の人生はどうだったのか。

海外で活動したいと、進取の気概を持って航空会社に入ったが、そこでは親方日の丸で旧態依然の経営が行われていた。社員の登用には学閥、閨閥が横行し、まさに山崎豊子の小説に書かれたような封建的権力社会があった。それは自由と積極性を求める自分には受け入れられるものではなかった。

よし、それならもっと自由でやる気の持てる部門で、と貿易商社に転身した。入った商社は共産圏の石油や化学原料などの取引で貿易を拡大し、新市場としてフランス圏（旧フランス植民地域）への進出を図っていた。フランス語をやっていた自分にはまさに新天地を得た思いだった。毎日仕事にのめり込んで日夜働いた。

会社は、アルジェリアがフランスに対し独立戦争を戦っているうちから、当時カイロにあったアルジェリア臨時政府の支援に協力した。宇都宮徳馬代議士の主宰する国会のＡＡ研（アジア・アフリカ研究会）やマルディヴ協会（エジプトからモロッコに至る北アフリカ諸国との友好促進の会）を通しての活動だった。そして独立後、一九六四年、日本の商社として初めて現地事務所の設置を認められ、新興国アルジェリアの開発に協力することになった。

赴任したのは一九六八年五月、フランスの学生運動のさなか。東欧では市民運動にソ連の戦車が侵入する「プラハの春」が起こっていたが、そんな政治的動きを追う暇もなく、サハラ砂漠の石油輸入を始め、タグボートやタンカーの輸出、トヨタのランドクルーザー、ホンダのオートバイ、ＪＵＫＩの工業ミシン、ソニーのビデオレコーダー、東レの繊維品などなど、日本製品の輸出基盤となる取引に努力した。

当時の商社マンは「日本は戦争には負けたが、貿易で世界を席巻するんだ」という意気ごみで、経済戦争の戦線に立って仕事をした。

会社はその後資金難に陥り状況が悪化、他の商社に合併される。幸いその間も対アルジェリア取引は拡大したため、それまでに取引関係のあった或るデパートの貿易部門とともに働くうち、造船・エンジニアリング会社の輸出本部にヘッド・ハントされた。そこでは船舶輸出、続いてプラント輸出に従事。新しい意気込みで働いた。しかしそこでも不幸が襲う。長い努力の結果成約した五〇〇億円（当時）にのぼる大型プラントが、相手政府の事情によって契約破棄されたのだ。スムーズな建設のために早くから準備体制をとっていた関連工場や下請け企業にとって、それは一大打撃となった。

「もう民間ベースでの努力は無駄か」と判断し、国連に転職したのが一九八〇年のこと。すでに四一歳、不惑の齢になっていた。

世界の人々の健康を守る仕事に生きがいを探し、世界保健機関（ＷＨＯ）に転身した。自分のキャリアーから言えば、国連でもＵＮＤＰなど開発や経済関係の機関が良かったのだが、もともと医者になる筈だったから、家族は期待した。しかしＷＨＯは今までの仕事から言えば全く場違いとも言える環境である。それだけでなく、ビジネスマンから国際機関の官僚になったわけで、経験からしても適応するには困難が多かった。年齢的にもやや遅かった。

医療衛生という、今までの自分の経歴と全く違った世界では、過去の知識も実績も働かない。また、以前に海外で働いたとは言え、周りを外国人ばかりに囲まれた環境で働くことは、全く別の経験である。

その時からＷＨＯ本部のブリーフィングに始まって、医療衛生のコンセプトと基礎知識、担当部課での仕事の細部まで、猛勉強が始まった。

しかしそれだけではない。二人の幼子を抱えるわが家では、妻も私も育児の最中だったのだ。出掛けられない妻の代わりに、仕事を終えるや否や、車でスーパーマーケットに駆け込み、買い物をする。家につくと子供の世話。仕事と家庭をどう両立させるかという課題があった。

まあ、そんな状態でよくも新しい仕事をやれたものだと、今になってつくづく思うが、やはり仕事への熱意と若さがあったのだろう。そしてジュネーヴからフィリピン、シンガポール、フィージーへと転勤し一六年間働いて帰国した。

定年には少し間があったが、子供の進学があって日本に帰国させる必要があった。それと弱っている義母の世話が必要だった。

帰国してからは、それまで関係のあった大学の医学部と協力して、通信衛星を利用したテレメディシン（医療衛生技術の情報交換）による途上国の支援活動を継続した。出張やオンライン通信、留学生の招聘によって、東南アジア、南太平洋地域の各国保健省に対するキャパシティー・ビルディング（能力向上）活動の一端を担った。日本ではＡＰＥＣの専門家会議も開催した。

国連機関に勤務して考えることは多々あったが、一番切実なことは、国際社会で日本の発言力が弱いこと、そして日本の外交力を強めることの必要性だった。国連での日本人職員の数を増やし、日本の存在感を高めることが枢要である。それについては帰国後外務省にも対策を提案してきた。

ちょうど国連大学が国連改革に関する協賛論文を募集していたことから、「国連改革と日本の役割」と題する提案論文を提出した。

趣旨は、戦勝国メンバーで占めている安全保障理事会を、現在の世界の実態に合わせて組織を変革すること。戦争抑止と平和のためには、貧困や衛生など社会問題の解決こそが大事であること。そのために国連の中でも地道に努力している経済社会理事会にもっと重点をおくべきことなどである。日本は今までそこで重要な貢献をしている。社会経済理事会の事業と活動を正当に評価し、日本の貢献を認めさせ、それらの活動に日本がもっとリーダーシップを発揮すべきだという主張である。

この主張が多くの関係者の賛同を受けて、論文は佐藤栄作平和記念財団から優秀賞を授与された。

一方で国連内部では、人種の軋轢や主要国政府の人事介入などの問題があり、これらの問題を一般に曝し、より多くの人に知ってもらうべく、その方法を検討していた。それが小説の構想となって本にまとまったとき、幸いにも出版社に注目され世に出ることになった。『サイクロン―自然の断罪』である。自分としてはこれで国連改革の思いのほんの一端だが達成したことになる。

すると、また別の思いが湧いていた。それは国連でできなかったことをやりたいという思い、すなわち日本人として自ら国際協力の現場に加わり、「顔の見える協力」をやりたいということだった。そこでＪＩＣＡを窓口とするシニア海外ボランティア事業に参加することになる。

マレーシアは日本の発展から見習おうとする「ルックイースト」ポリシーを掲げ、協力隊員とシニア・ボランティアを積極的に受け入れていた。その国でしっかり協力活動が進むよう自らボランティアに応募し、事業の調整と統括を担当することになった。

夜昼なくボランティアの相談に乗り、受入れ機関との問題に立ち会い、スムーズな活動ができるよう支援した。調整とは大変な仕事だが、シニアたちの信頼と努力も得て事業の実績は上がり、やりがいのある活動となった。

三年間の任期が終わったとき、難しい現場で経験を生かしながら活動するシニアたちの努力はぜひ日本国内の人たちに伝えなければと考えて、ノンフィクション『我らシニア、マタハリの下で―シニア海外ボランティア奮闘記』（碧天舎）を書き、出版した。

それと同時に、今までの協力に繋がる活動として、仲間のシニア海外ボランティア経験者とともにNGOを設立。海外で働くボランティアの活動を支援し、関連する事業を提案し実行してきた。代表として私生活を縛られることも多かったが、モデルとなるいくつかの協力事業を実現できたことは幸いである。

年齢とともに活動はにぶっていくが、この活動のおかげで自分たちの老化が抑えられてきたと言える。

思えば半世紀を超える長い話である。人生を一言にまとめることは難しい。ただ振り返ってみると、何と大きな振幅の揺れと、浮沈の激しい人生を過ごしてきたかとつくづく思う。

ヘミングウェイが主人公に言わせたように、自分の人生が流されたものか、自分が求めたものか、それを云々する暇もないほどに、自分は生きることに真剣だった。その浮き沈みはちょうど自分という人間の『日はまた昇る』を見てきたような気がする。それはロスト・ジェネレーションと呼ばれた自堕落な世代の生活に昇る日ではなく、生死をかけて真剣に戦った闘牛士、ペドロに昇る日である。

しかしもう私に「日」も昇らなくなる。いつか「日」が昇らなくなったときが自分の終わりである。悲しく寂しいことだが、受け入れなければならない。

いや、そのときに初めて「常に日が昇っている世界」に行けるのかもしれない。

7　シニア生活の楽しみ

7−1　庭をつくる話

自宅の庭

東京杉並区にあるわが家には小さいながら庭がある。幅は三メートル五〇センチ程、長さが一五メートル程の細長い土地。

もともと梅の木と杉二本があったが、庭と言うより単なる空き地同然のものだった。もともと義弟の家を買い取ったもので、彼は庭をどうこうする考えもなかったらしい。しかしこんな狭い場所を庭にしても、地所をますます狭くするだけだと思っていたら、東京郊外に住む兄が、

「庭っていいもんだよ。それだけのスペースがあったら庭にすべきだよ。少しは環境のためになるし……」というので、一応庭師を呼んで石や砂を運びこみ、樹木を植え、庭らしいものにした。

この庭のちょっと誇れるところといえば、御影石の板、縦二メートル三〇センチに

幅七〇センチ、厚さ一六センチ程を三枚、八つ橋状に並べて敷石のテラスを作ったことだ。ちょうどテラスを作ろうとしていた時、偶然、青梅街道沿いにある石屋で長い花崗岩の切り端が立てかけられているのを見つけた。大きな自然石から切り出したもので、幅は一メートル以上あるが厚さは余りない。これを眺めていて、「面白い、この石でテラスを造ったらどうか、」と思いついたのだ。

早速石材店と交渉して、これらの石板三枚を安く買い、加工して我が家の庭に設置してもらった。土台には、家に余っていたレンガを敷き詰めてコンクリートで固めた。高さ四〇センチ程にかさ上げして設置した敷石はさすがに存在感があり、一見、石舞台か石橋のようにも見える。石屋も廃材に近いものがうまく利用されて満足げである。

庭の方は、予め庭師に簡単な造園スケッチを渡しておいた。

テラスの右側に大きめの川石をいくつか置き、左側から木戸まで組み石を配置し、その向こうに樹木を数本植えた。手前の空間一面に白砂を敷き詰めると、ちょうど組み石に沿って流れる川を想像させ、全体が枯山水の趣になった。

問題は隣にある二階建てのマンションである。これが借景どころか異物となって視界を邪魔する。目隠しのため樹木数本を塀に沿って植えた。この配置が少しよくないが仕方がない。

全体をリビングから見ると、石舞台の向こうに梅の中木、その右にどうだん躑躅の植え込み、右そでに山茶花の小木、そして右端手前に楠の中木が並ぶ。

石舞台の左に目をやると、銀木犀の小木。その次にカナメモチ、椿、もみじそれぞれの中木が並ぶ。その左にもともとある杉の中木二本。その左は、どうだん躑躅の植込みを挟んで左端にザクロの中木が並ぶ。

さらに木戸を挟んで手前に桜の中木が一本。これは吉野へ旅したとき持ち帰った山桜の苗木が成長したものである。

樹木の数を数えてみると、中木だけで八本。小木を入れて一三本もある。それに石組みの間にはつつじの植え込みがあり、軒の瀬戸垣（イヌバシリ）に添えてつつじの植込みもある。

狭い土地にこれだけの木々が植わっているから、まるで満員電車の様相である。庭造りの原則から大きく外れているが、目隠しのこともあるので仕方がない。

「一〇年もすれば落ち着いた庭になりますよ」と庭師は言ったが、樹木は時を経るにつれて、目に見えて大きくなってくる。かくて庭は数年で森と化した。

それでも初夏の朝など、陽光を受けた若葉が透けて若緑に輝き、青空の下で濃い緑の椿や杉の木々とコントラスをつくる。それなりに自然が織りなす見事な造形となる。

初秋となれば、射し込む朝日にもみじの葉が金色に輝き、まさに極楽浄土の情景はかくあるかと思わせる。斜めに差し込む光は弥陀の来迎さえ想像させ、荘厳さに心が洗われる。

季節をみて木々を剪定し、枯葉を掃き、雑草を取ることは相当の苦労だが、それによって庭は新しい趣で生き返る。除草や低木の剪定は自分の仕事。いわばそれは修行僧が行う作務と呼ぶ修練だが、作業の結果が楽しみでもある。

大きな木の剪定は葉刈屋に頼む。木々の成長は早く、年に二度は伸びた枝を切らなければならない。狭い空間のため、もみじも京都の寺院の庭のように伸び伸びと枝を張ることはできない。

庭師の手間賃も半端ではない。隣の家もその隣も、主人が亡くなると庭の手入れが追い付かず、土地も家も手放してしまった。

地域の庭

杉並区の阿佐ヶ谷、荻窪界隈は戦前から住宅地域だった。

大正一二年にJRが開通したが、その直後に関東大震災が発生した。このため川端康成や大宅壮一などの文士が都内から荻窪阿佐ヶ谷界隈に移り住み、横光利一、三好達治、井伏鱒二、太宰治など多くの文人が集まり文士村をなした。

私の青年期には、彼らの著作を読み多少の影響も受けたから、その居跡などを見ると懐かしくなる。荻窪駅近くには映画の講釈師、徳川夢声なども住んでいた。今はそれもなくなったが、幼少時に聴いたラジオドラマ「西遊記」の彼の語りや、三蔵法師役の七尾玲子の声を懐かしく想い起こす。

荻窪には元首相の近衛文麿や、音楽家の大田黒元雄、出版事業の角川源義なども住んでいた。それらの邸宅は立派な庭園をそなえていたが、維持が難しく、昭和四〇年代になって区に寄付されたり買い上げられて、記念館や公園になっている。

川端康成などの作家たちの住んだ家も殆どが売られて再開発され、往時の面影は跡形もない。昔は小さな住宅でも殆どが庭付きで、閑静なたたずまいをつくっていたが、住人の世代交代とともに売却され、特にバブル以降同じ土地に小型住宅二戸が建ったり、小型マンションができたりしている。緑のある落ちついた環境は次々につぶされてきた。

三〇年近くも前、海外から帰国してあまりに激しいミニ開発に憤りを覚え、区役所に事情を問い合わせたこともある。規定では建築面積の数パーセントは緑地とすることになっているが、緑などなく、多くの場合、駐車場か自転車置き場にしかなっていない。

家を売る大きな理由は高率の相続税のためだろう。だがこの地に長く住んで、分かったことがある。一〇年、二〇年もするとまず屋根瓦が傷む。台風で飛ばされることもある。雨風で壁の塗装が剥がれる。それらの被害や経年の劣化に対して、そのつど修理をしなければならない。その経費はかなりのものになる。それに加えて、庭木の剪定がある。少なくとも年に二回は枝葉を調えないと、木々はすぐに大きくなり庭が森になってしまう。戸建住宅に住んで、毎年、あるいは数年ごとに来る修理や整備の工事が如何に重荷になるかを実感する。

こうして家屋が次々に壊され、庭なし住宅が拡大していく。もはや閑静な昔の佇まいはないに等しい。わが家の小さな庭は、環境破壊に抵抗するささやかな砦なのである。

日本の庭

日本の三大庭園といえば、水戸の偕楽園、金沢の兼六園、岡山の後楽園ということになっている。

偕楽園は江戸時代徳川斉昭公が「衆とともに楽しむ場」として作ったといわれる。偕の字は「ともに」という意味。梅林が素晴らしく、茶室からの眺めは風情がある。梅林と竹林によって陽と陰の世界を表すとも言う。

兼六園は大海を模した大池の中に、神仙人が住むとされる三島を築いている。冬場に備える雪囲いつりの作業が初冬の風物詩となってＴＶに流れる。

岡山後楽園は江戸初期に藩主池田綱政が造った大名庭園。市内の旭川をはさみ、岡山城と近辺の山々を借景にする回遊式庭園。低い丘地の起伏と水際に織りなす曲線が美しい。

しかし私は、そういう名声に固定された庭よりも、もっと個性的な庭に惹かれる。その一つは島根の足立美術館である。広い砂地と緑の丘、そこに点在する低木の植え込み。庭は前方がせり上り、借景となる遠くの山々と一体になる。砂地、芝生、植え込み、それらの自由な組み合わせで広がる雄大な眺めに人は魅了される。

私人、足立全康なる人物が心血を注いで造りあげた庭は、一幅の絵を立体的に見せるような仕掛けである。ちまちました人工物の配置はなく、自然を借りた雄大な抽象の世界が広がる。

一九七〇年代、地中海の国アルジェリア政府のミッションをここに案内したことがある。彼らの地アルジェリアは地中海に面し、背後にジュラ山脈を控えて海岸には松林もある美しい国ではあるが、山脈の南は荒漠たる砂漠である。緑の山々を抱く日本の田園風景は彼の地とは一風違って魅力的だったらしい。新幹線から見る田畑の風景にも驚いた様子だが、この美術館の庭の単純化された風景に、大いに魅了された様子だった。

庭を造ることはそこに一つの世界を造ることであり、招待者との縁を結ぶ場でもある。庭を心地よい場にするには維持管理を欠かすことができない。

龍安寺の石庭をはじめ京都には素晴らしい庭が幾つもあり、寺院によってしっかり維持管理されている。これらはまさに日本文化の真髄であり、海外の庭園愛好者の強い関心の的であることは、我々日本人の誇りでもある。

7－2　茶の文化を知る

日本国際交流センターの誘いがあって、午後五時からの講演に出かけた。昼間働く人のために開催時間を遅らせるのだろうが、とっくに退職して自宅で悠々とする人間にとって、この時間に合わせて出かけるのはけっこう億劫なのだ。

日中、日韓、どうも関係が良いとは言えない。だが考えてみたら、お茶と言う日中韓共通の文化があるではないか、それに親しむことによって友好を深めることはできるだろう、という計らいでこの講演会は開かれたようだ。

案内を受けたとき、まず思いついたのが、わが会が多少関わることになった桂林市の造成した日本庭園のことだ。これには当会のメンバーがＪＩＣＡシニア海外ボランティアとして設計、造園、建築で協力しただけでなく、裏千家にも協力を頂いて茶室の蹲踞（つくばい）や石灯篭を設置した他、会員の寄贈により数基の灯篭を庭園のあちこちに、造形にあわせて配置した。灯篭には「日中友好之灯」と彫り込んだ。

ちょうど日本に帰国中の建築家のボランティア、沖中さんに電話して、国際文化センターの催しを伝えた。彼は桂林市のプロジェクトで中心になって協力した後、招請があって桂林にある工科大学で建築デザインを教えている。残念ながら、彼は講演会の二日前に日本を出るため参加できなかったが、こちらは一人で出席することにした。

講師に迎えたのは、茶文化の研究や実践で日中、日韓各国入り混じって経験を積んだ人たち。中国からは政府のシンクタンク中国社会科学院の張建立氏、韓国からテレビ放送局MBCのキム・ソクチャン氏、日本は中国茶の茶芸師、評茶師の今野純子さんの三名。それに作家の石川好氏がモデレーターとして話を進めた。

張さんは一九九六年に大学卒業後、日本の茶道研究のため来日し、京都裏千家で四年間修行し、今日庵から宗建の茶名を与えられている。彼は中国から始まる茶と飲茶の作法についても研究し、茶の歴史に深い造詣をもっている。張さんは茶道と易の関係や茶の哲学にいたるまで研究しており、それらの話は大変興味深いものだった。

キムさんは韓国テレビ放送の日本支局長時代に、朝鮮の日常食器だった青磁が日本の国宝になったことに驚き、そのルーツをたどる番組を作った。会場では、それを一〇分ほどに編集したものを上映して、井戸茶碗の造られた時代や窯、使われ方などを説明した。なぜそんな雑器が日本の茶道で重宝がられたかについて、彼の研究の集成は、素朴なるが故の美しさが「わび」、「さび」という世界で再発見されたのだということだった。

今野さんは中国が知りたくて、会社員になってからバックパッカーの旅をした。そのとき中国茶の魅力に取りつかれて、ついに銘茶の産地杭州の山間の茶畑で働くようになり、中国茶の製造を体験した。これを生涯の仕事とする覚悟で何度も山地に通ううちに、中国の国家資格「中国高級茶芸師」を取得することになった。そんな経験を話しながら、会場では杭州の緑茶と紅茶の入れ方を実演し、皆に試飲させてくれた。

いずれも興味深い話だったが、やはり張さんの本格的な修養と研究に裏付けされた話は圧巻だった。中国ではすでに唐代の文筆家、陸羽が「茶経」の中で茶の起源や製茶法、茶器、茶の点て方、産地などなど系統的に整理し、詳しく書いているという。茶道という言葉は日本で使われたものだが、すでに当時から中国で茶の作法があり、茶芸とよばれて現在まで続くことなどを説明した。これを聞いて、改めて納得するところは、香道にある易にもとづく作法が茶道にも取り入れられていることだ。自分として初耳のことだったが、考えてみれば日本の茶道が発展していく前に、その背景となる歴史がいろいろあったことに納得した。

パネルトークでは場を賑わせようというつもりか、石川氏が「日本では茶にまつわる言葉には茶番劇、茶化す、お茶の子さいさい、など怪しい言葉が多い。中国や韓国ではどうか？」と講師陣に迫った。張さんは場所をわきまえない質問に驚いた様子もあったが、即座に「中国にはそういうことはないです」ときっぱり否定した。韓国の講師キムさんにも訊いたが、「ノー」である。日本だけがお茶に対して何かふざけた気持ちを持っているのはどうしてなのか。気にかかる命題ではある。

「茶会をセレモニーのような形にしたのは日本？　それとも中国にもあった？」という問いに対して張さんは、「『茶経』の中にすでに様式はあった。それをセレモニーの形に高めたのは日本。茶室内の配置には易の考えも入っている。結局日本の茶の湯で行ったことは編集でしょう」と言う。でも「わび」「さび」の世界を見つけたことは素晴らしいという説明である。

「茶室のような狭いところで茶会をすることは中国にあった？　韓国にはどう？」など、石川氏はぶしつけとも思われる言い方で次々に質問する。もちろん答えは「ノー」である。講師たちは丁寧に答えたが、聴衆は、茶話のこととは言え、石川氏はもうちょっと茶道を勉強してからにしてはと思ったに違いない。

流派毎の細かいしきたりにはうんざりするところもあるが、それを茶化すだけでは茶の文化を壊すことになりかねない。伝統を軽視するような社会の風潮には反省が必要だろう。

ところで日本国際交流センターは面白いことをやっている。もともと、一九六七年に下田で行われた日米関係民間会議と翌年の日米議員交流などを通じて一九七〇年に設立された民間の団体で、東京とニューヨークに拠点を置き、日・米および諸外国との相互理解と協力を目的として、各種の交流プログラムを実施している。

東京センターは六本木にある国際文化会館である。岩崎小弥太の邸宅跡に会議場や宿泊施設を含む近代的な建物が建てられ、周囲には起伏に富んだ素晴らしい日本庭園が造成されて、施設に調和した素晴らしい雰囲気をつくっている。

会館は白洲正子の父で実業家の樺山愛輔が発起人となって、ロックフェラー財団の支援も受けて昭和三〇年に造られたという。庭は京都の庭の匠、七代目小川治兵衛の作である。

交流センターは対米関係だけでなく、対アセアン、対EU関係でも国際会議を開くなど、ダイアログの場となってきたが、日米賢人会の対話の場所でもあったことはすでに懐かしい過去になっている。同センターの重要な働きの一つが日本でのフィランソロピー（献金による社会貢献）活動にリーダーシップをとってきたことだろう。

施設を運営する国際交流会館の前理事長が元国連事務次長の明石康さんで、国連OBの会、AFICSジャパンもここを拠点に活動している。同会では今、日本の国連

における リプレゼンテーション（日本人職員の増員）を推進するための対策を検討している。私はその提案者の一人だが、かねてからの主張が、遅ればせながらでも実現の方向に動いていることが嬉しい。

7-3　大学グリークラブ九〇周年記念演奏

大阪外国語大グリークラブの案内メールが来た。

大阪大学との合併後も外大グリークラブとして活動を続けており、大学の同窓会などでも時々聴いているのでスキップするか、と思っていたが、見ればクラブ創設九〇周年記念公演とある。九〇年にもなるのかという驚きと、記念行事なら参加しておかなければ、という思いから、コンサートに出かけることにした。

場所は葛飾区青砥にある「かつしかシンフォニーヒルズ」のモーツァルトホール。案内の地図を見ると、とにかく浅草に出れば電車があるらしい。自宅の荻窪からJRで神田、上野と経由し、地下鉄で浅草に出て東武線に行くと、「青砥駅は、都営地下鉄です」と案内嬢が言う。慌てて地下鉄駅に向かって歩き出したが、時計を見るともう開演の二〇分前。充分に時間を見て家を出たはずだが、バスや電車の時間待ちでいつかこんな時間になっている。これでは間に合わぬと急いでタクシーを捕まえた。車は隅田川を渡り、荒川を越えてどんどん行く。水戸街道と呼ばれる6号線をかなり走ってやっと葛飾区に入った。右折して区役所方向に向かうとすぐにホールが見えたが、到着したときはすでに開演時間を過ぎていた。

ホール一階の二重扉をそっと押すと、もう第一部の一曲目が始まるところ。床はせり上がっていて客席の見通しはよい。眺めるとほぼ満員である。ちらほら空席もあるが人を立たせて入るのは悪い。しばらくは奥の壁に立って聴くことにした。

歌っているのは男声合唱組曲「柳河風俗詩」。一九五三年に全日本合唱コンクールの課題曲に採用された曲で、北原白秋の詩に多田武彦が曲をつけ、多田が在籍した京都大学男声合唱団によって歌われたものだという。一曲目とあってか声が少し揃わない。それに少し力みもあってハーモニーがもう少し心地よくない。

演目の第一部が終わったところで、二階席に上がった。そこはかなり空席があったが、遅れて来た客ですぐに埋まった。

第二部は黒人霊歌。外大グリークラブでは創部以来これらを歌い続けてきた。アメリカの黒人奴隷たちの間で歌い継がれてきた歌だが、楽譜もなく素朴なものだったらしい。ところが一八七〇年代、アフリカ系アメリカ人で結成されたア・カペラ・グループが歌って大きな評判となり、以来各大学の合唱団やロジェ・ワーグナー合唱団などによって頻繁に歌われるようになったという。

この世の苦しみは「もうすぐ終わる」。"Soon Ah Will Be Done" という歌である。この言葉に奴隷という立場におかれた人々の苦悩があり、聴くだけで人々は涙ぐむ。人間に課せる人間の業、業が強ければ人は苦しむ。苦しみが強ければ人は穏やかな来世を求める。その求めが強ければ神ははっきりと彼らの前に見えてくる。しかし霊歌は悲しみをおびている。それは業を避けえない人間世界の哀しみを表している。

変わって第三部は世界の愛唱歌。ステージはロシア民謡から。窓辺にまたたく灯に別れを告げる歌詞、歌声喫茶などで唄い古されたロシア民謡「ともしび」である。この歌は戦地に行く若者とその恋人の歌だという。古い民謡だとばかり思っていたら、時代は第二次世界大戦のことだという。歌詞がつくられたのが一九四二年とは驚きだった。戦争の悲劇はいまだにどこにもある。それが悲しい。

フィンランド、ドイツ、アメリカ、スコットランドと続く恋歌の後、インドネシアの「ブンガワンソロ」が歌われた。「わが心の母、ソロ河よ」と歌う。これも一九四〇年、マルトハルトノの作。戦中とあって多くの日本兵にも歌われたという。しっかり作られたパンフレットのおかげで、それらの歌の背景をあらためて知り、新しい気持ちでコーラスに聴き入ることができた。

第四部は「オペレッタの散歩道」と題してプロの声楽家、小貫岩夫と坂井美樹がヨハン・シュトラウスやフランツ・レハールを唄った。小貫氏は同志社の後、大阪芸大で学びミラノに留学、国立劇場でデビュー。外大グリーを数年来指揮指導している。ドイツのオーケストラとの共演やイタリア留学で鍛えた声と表現力は素晴らしい。

しかし何といっても最大の演奏は第五部、男声合唱組曲「月光とピエロ」だった。外大グリーに慶応義塾ワグネル・ソサイエティー、マーキュリー・グリークラブ、合唱団フロイデなど外部八グループの客演シンガーが合流して、総勢一〇〇名を超える大合唱団の演奏である。

「月光とピエロ」は大阪外大のOB、清水脩による作曲で、一九四八年の第一回全日本合唱コンクールの課題曲に採用されて以来、多くの合唱団によって演奏されている。堀口大學の同名の処女詩集の詩に曲を付けたもので、道化師ピエロの哀しみが異常な雰囲気で表現されている。

〽月の光の照る辻に
ピエロさびしく立ちにけり。
ピエロの姿白ければ　月の光に濡れにけり
あたりしみじみ見渡せど
コロンビイヌの影もなし
余りにことの悲しさに　ピエロは涙ながしけり。

泣き笑いしてわがピエロ
・・・・・・・・・(中略)
月のようなる白粉の　顔が涙を流すなり
身すぎ世すぎの是非もなく

おどけたれどもわがピエロ
秋はしみじみ身に滲みて　真実涙をながすなり

詠われているピエロはポーランドの詩人ギヨーム・アポリネール（一八八〇－一九一八）が実在のモデルと推定されている。コロンビイヌとは、その許婚者マリー・ローランサンのことだという。アポリネールの詩集『アルコール』の中にある「ミラボー橋」（Le pont Mirabeau）は、画家マリー・ローランサンとの恋の終焉を綴っていて、後にシャンソンの曲として歌われるようになった。

男声の大合唱団はこの曲を大きな広がりのある素晴らしいコーラスで表現した。テノール第一、第二、バリトン、バスの重厚な和音は聴衆の心を引き込む深い響きをもっていた。シニアの男性だからこそできる表現である。

大きな長い拍手の後、アンコール曲「はるかな友に」が演奏された。合唱の指揮者で作曲家の磯部俶（いそべとし）によって昭和二六年に作られた。

〽静かな夜ふけに　いつもいつも

思い出すのはおまえのこと
おやすみやすらかに　たどれ夢路
おやすみ楽しく　こよいもまた

明るい星の夜は　遥かな空に
思い出すのはおまえのこと

ゆっくりしたメロディーに重なる和音、演奏は感動的なものだった。南太平洋の島で夜更けの大空を見上げ、瞬く星に日本の人々を偲んだ自分の気持ちに似ている。

この演奏会は私にとって、遠いところをタクシーまで使ってはせ参じた甲斐もあったと言える。今までクラシックの交響曲からポップスの楽曲まであり とあらゆる曲を聴いてきたが、やはり一番心に沁みるのは人間の歌、そしてコーラスである。遠く原始時代から引き継がれてきた人間の声は、人の心をつなぎ、人の心に沁みるものを持っている。人間の〈声〉は、生きる喜びと悲しみを最も良く表すものだと思う。

8　どこまで元気でいられるか

8－1　養生訓と現代生活

あるサプリメントの会社が雑誌を送ってきた。

ペラペラとページをまくると、特集している貝原益軒の『養生訓』に注意が向いた。若い時代には健康などを気にするのは老人の話で、それも『養生訓』は江戸時代の話、現代人の自分には殆ど関係なしと思っていたものが、特集されるとなると、何か新しい考えがあるのだろうと目を通してしまう。

記事は、益軒が指摘する養生（健康）のための要素をあげ、自社の提供するサプリメントの効能を対照するという面白い構成で、間接的に自社の製品をプロモートしているのだ。

『養生訓』といえば、中学生の頃かに教科書で見たかぎりで、単に生きるためだけになぜそんなにいろいろ考えるのかと、少々軽蔑の気持ちさえもっていた。だから、益軒なる人物のこともその著作についても、特に調べたりすることもなかった。式亭三馬の『浮世床』などと同列の庶民の読み物、ノウハウ本くらいに思っていた。その益軒が何十年ぶりにも、自分の目の前に現れたのだから目を通さない訳にいかない。

益軒は江戸に住んでいたものとばかり思っていたが、福岡の人である。江戸初期、寛永七年（一六三〇年）に福岡藩に生まれ、一八歳で黒田藩主に仕えた。二七歳のとき藩医となり、京都に留学し本草学や朱子学等を学んだ。このころ木下順庵などとも交流している。『和俗童子訓』、『五常訓』など子供向けに生活の指南書を書き、『大擬録』なる思想書も書いている。

驚くことに、彼は寿命の短かった時代に八三歳まで生き、おまけに殆どの著作を七〇歳を過ぎてから書いていることだ。この生命力には現代に住む人間も見習わなければならない。

『養生訓』の中には次のようなことを書いている。

人生日々に飲食せざることなし。常につつしみて慾をこらへざれば、過しやすくして病を生ず。古人、禍は

口よりいで、病は口より入るといへり。

口の出しいれ常に慎むべし。　（巻第二）

常に自重して慾を抑えないと、食べ過ぎたり飲みすぎたりして、病気になる。口の禍には言葉も要注意だが、食の出し入れにも注意しなければならないという。うまく言ったものだ。

五味をそなへて、少づつ食へば病生ぜず。

諸肉も諸菜も同じものをつづけて

食すれば、滞りありて害あり。

五味とは、甘、辛、酸、苦（苦い）、鹹（塩辛い）のこと。それを加えて少しずつ食べれば病気にならない。肉も野菜も同じものを続けて食べれば害になる。偏食がよくないことはすでに昔から説かれていたのだ。

ついでに、暮らしの心得については、

養生の術は、安閑無事なるを専とせず。

心を静にし、身をうごかすをよしとす。

身を安閑にするは、かへって元気とどこほり、

ふさがりて病を生ず。（巻第一）

ともいう。益軒の生きた時代、身体を動かすことの生理学的な理屈は現代ほど分かっていなかっただろうし、運動（スポーツ）の効果も現代ほど重視されていなかっただろうが、その必要性が分かっていたことに注目される。

老いの心得については、

百病は皆気より生ず。病とは気やむ也。故に養生の道は気を調るにあり。（巻第二）

病気にならないためには気を調えよ。これも大事なことだ。現代社会で気を病む人の如何に多いことか。生活が便利で効率的になる一方で、人間関係が複雑になり、気を病む人が増えているのは皮肉なことだ。デジタル社会になってもアナログ時代が懐かしく思える理由がここにあるのではないか。

社会は複雑になっても、物事を基本に戻ってシンプルに考えることが大事だということだろう。

8－2　子供の成長

　父親に手を引かれてわが家の前を散歩する男の子がいる。歳の頃二歳半くらいか。その子は、わが家の車が気に入ったらしく、私が車を洗っていたりすると必ず、「ブウブウ、ブウブウ」と言って車を指さして私の顔を見る。

「うん、そうだね。これブウブウだね」と相槌を打ってやると、彼も納得した顔をする。

　ある日彼は、ボンネットについているエンブレム（彫刻）を指して、

「ワンワン…ワンワン」と言った。

「そうだね、ワンワン…」と言おうとしたら父親が、

「それはワンワンじゃないよ。ジャガーっていうんだよ」と言い聞かせた。

　こちらは、それを言ってもまだ分からないだろうからと思ってワンワンと言おうとしたのだが、幼児にどの段階でどこまで言葉を教えるかは難しい。

純粋で穢(けが)れのない子供の表情を見ていると、こちらはいつも心が洗われる気がする。バスに乗っているとき、バギーに小さい子を乗せた女性が近くに座った。子供の顔が私の正面にあって、乗ってきた時からじっと私の顔を見つめている。こちらも気になって、小さく「こんにちわ」と顔で合図する。にっこりしながら合図を繰り返すと、何と、まだ意識もないと思っていた赤ん坊が、にっこりと顔を崩したのだ。

喫茶店でもバギーに乗った子に出会う。少し話せそうな様子なので「いくつ？」と訊くと、小さな指を折って差し出そうとする。母親が「二歳なんですよ」と補足する。「ああ、そう。二歳なんだ」と指を出して確認すると、子供は「うん」とうなずく。

外では、こういう子供を通した親との交流があるから面白い。どこかのお婆さんも子供が好きなのだろう、横から笑顔で話しかける。子供との会話はその親との会話にもなって交流が広がっていくから、こちらの心も温まる。

わが家にも、もう少しで三歳になる孫娘がいる。息子夫婦がわが家に連れてくるたびに、その成長ぶりに驚かされる。

ある時、彼女が私に何か言おうとしているのだが、まだよく話ができない。「えっ、どうしたの」と言うと、彼女は新しいオムツを持ってきて差し出した。

「ああ、オムツを取り換えてほしいんだ」

と言うと、彼女は「そう」というように頷いた。やっと分かってくれたことが嬉しかったのだろう。しかし私にはちょっと無理だから彼女の母親を呼んだ。

孫娘は自分の話が通じていないと分かると、モノを持ってきてコミュニケーションをとろうとする。不思議なことに、彼女はまだ自分の言葉は足りないのだが、他人の話はかなり理解しているらしいのだ。

ある時は「おそと」と言って指を指す。私がどういう意図か分からず、「そうだね」と訊いていると、彼女は玄関に行って自分の靴を持ってきた。そしてガラス戸のそばに座り込んで、履かせてという仕草をする。まさにモノによるコミュニケーションである。

三歳近くにもなると、何でも自分でやりたくなるようだ。最近はごはんも自分で食べようとする。

先日も母親が子供の茶碗に取り分けた素麺を、自分ですくって食べようとした娘が、茶碗をひっくり返して出汁ごと自分の服にぶちまけてしまった。母親が慌てて子供を椅子から下ろし、服とこぼしたものを拭いた。子供はそれを見ながら両手の拳を握って「うー」と声を上げた。好物のそうめんをこぼしたうえ、お気に入りの服まで汚したことが悔しいのだろう。普通なら泣くか泣きべそを掻くところだが、今は違う。両手に力を入れて自分に怒っているのだ。そのうち諦めがつき怒りも収まった。

しかし、感情を心の内に抑えた彼女の表情にはこちらが驚いてしまった。彼女にはもう自分の置かれた状況がわかる。そして自分の失敗で起こってしまったこともわかる。それが悔しい。だが、泣いても仕方がないし怒るわけにもいかない。それで両手のこぶしを握りしめたのだ。

自分で自分が分かる。そして状況が分かることは素晴らしい成長だと思う。ただ女の子の態度としては少々心配なところでもある。

話は変わるが、これはもうちょっと大人の話。

「人は引っ込めることができないところまで腕をのばすな」という言葉がある。

これは「できないことを、いかにもできるように、口だけで言うな」という日本の言い伝えかと思っていたら、誰か英国の詩人が言ったことらしい。仕事にしろ、何にしろ、難しい問題では自分がそれを切り抜けられるか、課題をやりとげる自信があるかを考えて腕を出せ。それがなければ手を出すな、ということらしい。

孫娘にはまだそんなことを考えることはできないが、こぶしを握って怒りを抑えたところは大人並みか、それ以上かもしれない。泣いても事態が解決するわけではないことがわかってきたのだ。もうそんなことが判っているとしたら、それこそ二歳でNHK番組のチコちゃん（五歳）並みである。

ある日、散歩の途中わが家の車を見に来た男の子は、いつもの車がないので不思議そうにした。

「ブーブー、もうないよ」とこちらが言うと、彼は一瞬不思議そうにした。

「あのね、車はもうないよ。どこかへもって行ったんだ」と言うが、彼はよくわかない様子。「どうして?」と聞きたそうだが、まだよく話せない。こちらが「処分したよ」と言っても分からないからだまっていると、彼はがっかりした表情で私を見た。

父親が「もう、無いんだって。行こう」と手を引くと、子供は名残惜しそうに振り向きながら遠ざかっていった。

私は車を処分した。歳を取るにつけ、こちらの運転も少々危うくなり、思いもしない所にあった電柱に横腹をこすってしまった。それ以外にも小さな傷をつけている。ジャガーの鉄板は、板金工泣かせと言われるほど分厚いが、大きな事故を起こす前にと、横腹の擦り傷を最後に車を手放してしまった。
それが散歩に来る子供の楽しみと夢を奪ってしまったらしいことに気がつき、可哀想なことをした気がする。もちろん自分の夢を放棄した自分自身も淋しい。

8－3　相反する薬の作用

身体の不調を治すのに薬がよいか、健康食品か、はたまた食事療法か判然としない。健康を損なっている原因に対処するには、薬剤や食品の特性によって自ずと効果の程も違うだろうが、薬剤の場合にもっと考慮されなければいけないのが副作用だ。

四年ほど前に庭の作業中に突然左腕が上がらなくなった。腕とはこんなに重いものかと驚きながら、半分面白がってブラブラさせていたが、部屋に入ろうとしてガラス戸をつかみ損ね、敷石にしりもちをついてしまった。そのうちに腕は正常に戻ったのだが、念のため脳神経外科に行ってＭＲＩを撮ってチェックしてもらった。その結果、小さい白点が一つ見えるものの、原因となったものが何であったかよく分からない。

一過性脳梗塞と言うか、虚血が原因と診断された。

それ以来、処方された何種もの薬を服用することになった。降圧剤と血流を良くする薬、コレステロールを抑えるもの、それに副作用に対して胃腸を調えるものと、計四種の薬を飲み、夕食後にはまた腎臓と肝臓の働きを助ける薬二種類を服用している。

血流を良くする薬も血圧を下げる薬も、予防のための処置なのだが、副作用でふらつきや気力の低下が感じられることもある。本当にこんなに薬が必要なのかどうかと疑念を持ってしまう。もともと血圧は一三〇台後半から一四〇、冬には一六〇もあったから、特に冬場は降圧剤も必要なのかもしれない。血流を良くする薬もあった方がいい。ということで結局医師の処方する通り、これらの薬を四年近くも飲み続けている。副作用について訴えても、しっかりチェックしてくれる訳でもない。

できることなら薬を止めたい、少なくとも減らしたいと思うのだが、問題はどれも飲みだしたら止められないことだ。時々血液検査などを行い、主治医の診断を受けるが、もうこの薬は止めてもよくないかと相談すると、医者からは決まって「容量を少なくすることはできても、止めることは危険ですよ」と脅される。医者は危険を避けたいと思うし、本人も本当のところが分からないからついつい処方された通り薬を飲み続ける。

最近ある専門医がフェイスブック上に書いている記事を見て、思い当たるフシがあった。

ここ数年記憶力が目に見えて衰えていくのだ。それが丁度薬を飲み始めてから起こっているような気がする。以前は読んだ本の内容や著者、自分が誰かと会談した内容、テレビや雑誌で見た情報などを、かなりはっきりと憶えていて、他人との会話にもそれらのことがスムーズに話せたのに、近頃は話題にする人の名前はもちろん、内容についても他人に話すときしっかり頭の中でまとめられていないことを自覚する。それが単に老化のせいとばかり言えないように思える。薬の副作用があるのではないかと疑うのだ。何十年も食事療法に取り組んできたというフェイスブックの投稿者は、降圧剤が脳内の血流を低下させ、思考力や記憶力の低下を起こす可能性があると指摘する。

こういった薬剤の副作用、特に長期の服用によって起こる副作用については、まだ研究されていないことが多いようだ。また製薬会社は規制がない限り販売に都合の悪いデータは敢えて公表しないだろう。だから患者の方も処方される薬をよく知り、それをどう自分に合わせて服用するかを、自分で研究する必要もあるのではないかと思う。もちろんそれなりに身体の危険はあるから、主治医の意見も聞きながらやることが必要だ。しかし医者は大抵保守的で、薬を中止することにはめったに同意しない。一方、自分の身体を一番よく知っているのは自分だから自分で考えることは必要だ。多すぎる薬を止めようとすると相当な勇気がいる。また専門的な知識も必要になる。なかなか難しい。

それから二年程経った時、あるスポーツ用品の店に立ち寄った。入り口が閉まっていたので、建物を一回りして閉店しているのかを確かめようとしたとき、壁から突き出して下がっていた看板に頭を強くぶっつけてしまった。その時は痛さだけで何でもなかったのだが、次の日仲間と打ち合わせをしているうちに突然言葉が出なくなった。話そうとする事が口に出ないのだ。帰宅してすぐに最寄りの脳神経外科に駆け込んだ。精密検査の結果、硬膜下血腫と診断され早急に手術が必要となった。

この時困ったのは自分が血流を良くする薬を飲んでいることだった。手術には血流の薬を停止し、出血を避けるため数日は手術を控えざるを得ないことだ。脳梗塞を避けるために呑んでいる薬を止めろということ。逆に脳内の出血を抑えるため別の薬を飲むことになったのだ。

こういう真逆のことをやって、手術は一応成功したが血流の薬は止めたままである。二週間、脳内の状態が安定するまで安静を保った。最初頭を動かさないように両手をベッドの枠に拘束されたが、身の自由を奪われて過ごす時間は耐えられるものではない。二日目にもう我慢ができなくなって、ベルトを解いてくれるよう看護師と医師に要求した。頭を動かさないことが必要であって、手をしばることとは直接的に関係はないのだ。

数日の入院で退去したが、身体の拘束と薬の使用についてこんなに注意しなければならないことが起きるとは、身に沁みた経験だった。その内止血の薬を止め、血流を良くする薬を再開したのだが、こんな微妙な薬の処方を受けたのは初めてことである。

その後頭の状態はどうかというと、表向きには何でもないように見えるが、記憶力と言語力が退化しているのを覚える。

8-4　老人性うつ病

最近物忘れが多くなってきた。昔見た映画の俳優や、最近の歌手やタレントの名前など、思い出せないことが多い。

名前を思い出さないときは妻に訊く。テレビである人物を見て、「あ、これは誰かに似ているな」と思って妻に話すが、その人物の名前が出ない。「あの、アレだよ。ナントカに出ていたヤツ」と言ったって相手が分かるわけはない。それでも同じテレビを見ていれば、何とか話はつながる。

大抵の場合妻はすぐに言い当てるが、最近は彼女もしばらく思い出すのに時間がかかる。「俺より七歳も若いんだからな」とプレッシャーをかけるが、出ないときは出ない。二、三〇分もしてから、やっと、「ああ、わかった」となる。今年は年賀状に、「二人で一人前をやってます」と書いた。

俳優やタレントなどの名前は忘れても別段の問題はないが、これが仕事上の関係者となると問題が大きい。以前に会っている相手を前にして、名前が出ない。ある会合では自己紹介をされた相手と話しているうちに、その人の名前が突然出なくなった。名刺を交換していれば、それに目を落とせばよいが、名刺もなく、どうしても思い出せないというとき、仕方なく、あなたはとか、部長さんはとか代名詞と役職を使って誤魔化さざるを得ない。これでは話に迫力が欠ける。それだけでなく自分自身の気持ちがすっきりしない。

最近、体調の問題は頭から心に広がってきた。物忘れだけではない。どうも心が晴れないのだ。やっぱりあれが出始めたかと疑っている。老人性うつ病だ。ある本によれば、老人性うつ病の特徴は、生きがいや興味の消失、漠然とした不安感などが主症状で現れるという。私の場合、むしろ日本の社会問題、家庭問題や国の対外関係など、ため息をつくようなことが多くて、気が滅入ることが原因かもしれない。心配になって、ある解説書を読んでみた。

「『どうも気分がすぐれない、やる気が起きない』など、人はときに意欲や興味を失ってうつ状態になることがある。しかしこうした状態は、ほとんどの場合、時間の経過やちょっとしたきっかけで回復できる。ところが抑うつ気分によって心理的につらい思いが続くと、ひどい場合、日常生活に支障をきたし、治療が必要になるケースがある」とある。

そうなると完全なうつ病だ。それからすると、私はまだうつ病ではない。

解説では、「うつ病は様々なストレスによって、または失恋などの大きな心理的ショックで落ち込み、立ち上がれない場合に起こる。不安や焦燥を感じ、憂うつな気分が続いて何もする気にならない。何もかもがうまくいかず、〈死〉を考えるようになったりもする」と説明している。そうなったら怖い。

失恋のショックなどというのは高齢者にはないと思うが、疲れやすくなったり、物覚えが悪くなったりする。そうした内的要因でガックリきてしまうことから、ウツに移行するとも言われる。

高齢になると体のあちこちに不具合が出てくる。脳卒中や心臓疾患など、大きな病気にかかったり、怪我をしたとき「ああ、もう若くはないんだ」と覚って愕然とする。それが引き金になってうつ病になるという。

定年退職で仕事を辞めたり、自分と同年代の人が亡くなって喪失感を覚えたり、子供の独立、配偶者との死別などで大きな喪失感に襲われ、深い悲しみや寂しさからうつ病になることもあるようだ。

歳をとっても悩みはつきないから「ウツ」のタネも尽きない。東北の震災・津波の被害者のなかに、こうした症状に苦しむ人も多いと聞く。

うつ病は、精神的な遠因から患者の脳内の神経伝達物質であるセロトニンやノルアドレナリンの量が減少し、情報伝達がスムーズに行われなくなることが原因だという。また、高齢者に限らず、うつ病の症状は朝や午前中に現れ、午後から夕方にかけて改善していくことが多いらしい。

老人性うつ病の特徴は、生きがいや興味の消失、漠然とした不安感などが主症状になっている。精神症状によって、不眠（過眠の場合も）や食欲不振（過食の場合も）が起こり、めまいや極度の疲労感などの身体症状が出てくる。

「一日中、ぼーっとしている」、「ぼそぼそと訳の分からないことを言い続けている」、「反応が鈍い」、「受け答えがちぐはぐ」などの症状が出てくると、もう相当なウツだと分かる。散歩をしていると、すれ違った人が何か意味の分からないことをぶつぶつ言っていることがある。

どうすればうつ病を予防できるのか。

ある指南書によれば、「いつも新しいことにチャレンジし、若い人たちと積極的に会話をしたり、老化に負けないよう適度な運動を心がけるようにすること。趣味の会のグループで行動し、ボランティア活動にも参加して、社会とのつながりを絶やさないことが大事」だという。

何と、その意味では、私たちのＮＧＯで行っている対外協力の活動は、うつ病予防に役立ってきたに違いない。大体私のかける電話の要件は八割方ボランティア活動や事業の話だ。そのたびに相手を巻き込んでいるのだから、相手も〈ウツ〉になっているる暇はない。とは思うが、最近、肝心のこちらの意気が上がらなくなってきているから問題である。

ボランティア活動をやるには、健康でなければならないが、シニアは健康が徐々に落ちていくから困るのだ。うつ病の最良の薬は自分の活動に成果が出ることだろう。

ビートたけしが面白いことを言っている。

「なぜ国を挙げて、生きがいだとかそういうことを言うんだ。昔は生きがいもクソもなくて、ただ食ってただけじゃないか。どうせなら、これからは死にがいと言ってくれなきゃ困るよね。みんないけ図々しく生きることばっかり考えてる。意識調査なら『あなたはどういうときに死のうと思いますか』と訊いてほしいよ。『これなら死ねる』という理由を書きだした方が、より生きてるという感じがする」

毒舌だが問題を言い当てている。

なまじっか金と暇があるから〈ウツ〉にもなるのだ。食うこと、やることに懸命なら〈ウツ〉になっている暇はないということだ。毎日暇のない生活をすることも必要だろうが、いつ死ぬかわからない世代となれば、〈死〉の瞬間を想像して現実世界を考えることが必要だろう。

以上は自分の参考までに書いてみた。しかし、やるべきことはうつ病になる前に、それを退散させる手段を考えて、実行することだ。

＊ウツにかかってしまったときの対処法。

当然、心療内科や精神科の専門医の診察を受けること。専門医によれば「大抵〈抗うつ薬〉が処方され、脳内伝達物質の放出量を増やし、伝達作用を強めるよう図られる。飲むと心が落ち着き不安を解消できるし、気分を高揚させ、気力減退が抑えられる。口が渇く、便秘、立ちくらみといった副作用が起こる場合もあるが、副作用の少ない即効性のある新薬も開発されている」という。

8－5　片目で終わった白内障手術

老齢となった今、私たち世代で増えている障害のひとつは白内障である。

厚生労働省のデータでは毎年八〇万人が手術を受け、その半数以上は八〇代だという。また医療業界の数字では年間一四〇万人が治療を受けているという。

知られているように、白内障は歳とともに目の水晶体が濁り、ものがはっきり見えなくなる。白内障手術をしなければならないことが分かっていても、それを何時するか、自分の年齢も考えて躊躇することが多いのだと思う。

白内障手術は、角膜を開いて水晶体内部の液を取り出し、人工のレンズを入れることによって視力を回復させる。大抵の場合、目の曇りが取れて見違えるようにはっきり見えるという。技術も日々進化して、今まで単焦点が一般的だったのに対し、今では多焦点レンズができて遠近ともにはっきり見ることができるらしい。

二〇二一年の大晦日のこと、妻が入院中のため大掃除や正月の準備を独りで忙しくやっていた。やっと一段落がつき風呂に入ったところ突然右目がおかしくなった。何かもやもやしていると思うと、右目の左下にドーナツを四分の一に切ったような鮮明な形が現れた。青白い透明な切片である。どうしてこんなものが出るのか不思議に思いながら、しばらく様子を見ていたが消えそうにない。「何が起こったか、これはまずい」と動顛し、急いで体を洗い風呂を出た。鏡で眼の状態をつぶさに見るが、外から見る限り異常は見えない。しかしドーナツ型切片はそのまま目の中に居座っている。

翌日、目を開けると切片はもやもやした薄黒い雲になり、銀河系のように目の中央上部に浮いている。至急に眼科医に相談すべきだが、年末年始の休暇中である。

休み明けを待って行きつけの病院の眼科に行った。

「白内障でしょう。しばらく目薬を注して様子を見ましょう」と女医は言う。

目の中でこんな異常なことが起きていると説明しているのに、また彼女もカメラで眼底をチェックしているのに、驚く気配もなく、何も説明しない。目薬を大量に処方し、これを注して様子を見ましょう、などと言う。隣に立つ看護師も医師の処置に驚いた様子である。私はこの医師を信用できなくなった。

他の専門医に相談すべくネットでいろいろ探したが、広告だけでは適切な専門医を見つけることは難しい。誰に相談したらよいのかも思いつかない。

実は二年ほど前から右目の状態が悪く、いつか白内障の手術をしなければとは考えていたのだが、そのタイミングが分からなかった。いよいよ手術かと考えているとき、最近白内障の手術をした弟から電話があって、

「別世界のようによう見えるわ。４Ｋか８Ｋテレビを見てるみたいやで」と言う。

感嘆するような話しぶりに、いよいよ自分もと考えていたのだ。

ところが先の事情が重なって自分の手術ができなくなっていた。診断を受けていた病院には手術の設備もなく、適切なアドバイスも得られない。こちらは仕方なくインターネットでやみくもに探すしかなかった。

ある銀座のクリニックは、三〇〇〇件以上もの治療実績をもち、海外にも知られた眼科医であることが判り、早速相談に行った。幾つもの検査機械による事前検査の結果、医者は、私の眼には表面に翼状片と呼ぶ血管の網があって、それを先ず摘出することが必要なことと、白内障の手術が多少複雑になるのでレーザーを使う必要があるという診断だった。ところが手術には、通常の治療費の上に五〇万円がかかると言う。レーザーを使うことは街のクリニックでもやることがあり、その場合でも健康保険の範囲程度でできると聞いていた。やはり有名医では余計な経費がかかるのかと思い、このクリニックは断念した。

よくよくネットで調べると近くの街に白内障手術専門のクリニックがあった。

診察を受けると、ここでも八台もの検査機を並べて若い看護師かオペレーターが眼の状態をチェックする。医師はそのデータを見て、眼底検査も行い、レーザーを使わなくても手術ができることを確認した。私はすぐに手術することを決めた。

事前に翼状体の摘出手術を済ませ、三週間後、角膜の傷がおさまった時点で白内障手術を受けた。手術後は入院もせず、眼帯も無しに帰宅した。

翌日目を開くと、何と、そこに見えたものは眼全体を覆う白い光の幕である。よく見ると強いハレーションを起こした写真のように、所々に何かモノの欠片が見えるだけ。「これはおかしい」、と思ったがその時はあまり心配しなかった。「その内に徐々に形が見えるようになるだろう」、という期待があったからだ。

ところが、その後の状態を見るため三日後に再診察となっていたが、予定の日が来ても、眼の状態はひどいままである。

医師に状況を話すと、少々驚いた風で「手術はうまくいってるんですけどね」と言う。「そのうちによくなるんですか？」と訊くと、返事がない。いよいよこれで片目を失うのかと、私は暗澹とした。

何十年も前、祖父が白内障手術を受けたときのことを思い出した。まだ現在のように技術が進んでない時代でも、手術は成功し視力は回復した。しかし二、三年程して眼は再び悪化。最後には完全に視力を失ってしまった。祖父は快復したときの喜びを経文の中の言葉をひいて「開彼智恵眼」〈智恵の眼（まなこ）を開かせ給う〉と墨書し、それを手拭に印刷して門徒の人たちに配った。眼が見えたのは束の間のことだった。それを思い出し、自分もそうなるのかという恐れと悲しみに襲われたのだ。

それから毎日、私は、処方された幾つもの目薬を注すことになった。

三種も四種類もの目薬を一日に三度、五分おきに注す。これでは一日中目薬を注していることになり、他の事がほとんど何もできない。薬によっては目を傷め視力をさらにひどくさせてしまうものもある。薬局で洗浄液を買い、時々眼を洗い流した。

何日も目薬を試すうちに、ただ一つだけ、角膜を洗い視力を落ち着かせるものがあった。プラノプロフェン点眼液で、眼の炎症を抑えるもの。それだけでは不十分ですよと医者は言うが、今まで試行錯誤した結果、残念ながらこの目薬だけしか自分に使えないのだ。プラノプロフェンだけが眼を落ち着かせ、視力を安定させる。他の薬は、例えば緑内障＊の薬などは、注すと痛みと異物感がひどく、目が開けられない。薬によっては、眼の中全体が泡で覆われたようになって、何も見えなくなる。

私は以前から錠剤のルテインを飲用していた。マリーゴールドの花のエキスなどを主成分とするもので、眼の網膜の中央部にある黄斑部に働き、ピント調整を助けて視力を高める。

その二つを続けて使用し、五カ月目あたりで、薄っすらと物の形体が見え出した。

しかし相変わらずあちこちにクモリは残っている。ただ銀河系のような形が散らばって、不規則な薄い網目のような形になった。

この状態では今後どうなるのかという心配があり、緑内障に詳しいクリニックを探し、セカンド・オピニオンを求めた。結果は、白内障手術にはほぼ問題ない。しかし緑内障にかかっている恐れもある、ということだった。ただ緑内障については、今どうこうすることはできないので、このまま様子を見ることにせざるを得ない。

それから一カ月ほど経つと、破れた障子の穴から外を見ているように、穴の向こうの景色がはっきり見え出した。しかし障子が邪魔するために見にくい。さらに二カ月ほどすると障子が薄くなり、かなり見えるようになってきた。しかし障子の部分は何も見えない。サングラスをかけると障子の白地と景色の差が少し薄まる感じがする。

昨年五月に手術してから九カ月。眼中全面ハレーションだった頃から比べれば相当よくなったと言える。だが完治とは程遠い。

ふり返ると、何故こういう経緯になっているのか、緑内障とすれば、別に眼圧が高いわけでもないのにどうしてこうなるのか、そもそも最初に現れたドーナツは何だったのか、未だにわからないままである。

医学はいろいろな専門分野で驚異的な進化を遂げてきたが、眼球内の疾患、網膜から脳までの視神経の働きなど、まだまだよく研究されていない分野がある。もしくは知識がクリニックレベルまで普及していない部分があることを、この手術を通じて実感することになった。

緑内障は治らないと言われるが、それは現在の医学レベルでは、ということだ。今後医学が一層発達すれば、例えばｉＰＳ細胞を使って網膜や視神経を再生することにより視力の回復も可能ではないか。または、かなり先のことだろうが、医用生体工学では、超軽量のカメラが開発され、電極で脳の視座につないで視力を再生するサイボーグも生まれるのではないかと、勝手に想像している。

すでにｉＰＳ細胞による網膜再生は研究が進んでいるし、工学的方法では眼底や視神経に電極をつけて電気的刺激によって視力を上げる方法が研究されているらしい。技術は一般人の知らないうちに進んでいるのだ。

＊緑内障　房水の圧力（眼圧）により視神経が障害を受け視野狭窄などの症状を起こすこと。原因は房水が多いこと、房水の出口、シュレム管の目詰まりなど

による。日本人には眼圧が正常でも起こることが多いという。

9　日本と世界が幸せになるために

9―1　世界を変えたあの日

ＮＨＫ ＢＳ放送の報道番組、「ひろしま」を見た。

今まで広島に関する報道は幾つも見たが、このドキュメンタリーは本当に素晴らしい。日本側の証言者だけでなく、アメリカの原爆投下に当たったパイロットから、後遺症の調査に当たった医師たち、ジャーナリストなど多くの証言者の言葉を収録している。日本が戦力を失い、補給路も断たれて敗戦が目の前にあったときに、なぜ原爆による大量虐殺が必要だったのかという強い指摘を含んでいる。

広島、長崎に落とされた原爆による死者数は五〇万一七八七人。（広島三一万九一八六人、長崎一八万二六〇一人、二〇一七年現在）

被爆者の中には直接被爆した人の他に、被爆地域に入って被爆した人、救護活動で被爆した人、それに妊娠中に体内被曝した胎児がおり、合計で三万八三四七人が被爆した。ちなみに先の戦争で死亡した日本人は合計で三一〇万人に及ぶが、その九〇％

が一九四〇年以降に死んでいる。敗戦のどさくさに輪をかけて死者を出したのが原爆である。

エノラゲイが原爆を搭載して侵攻してきたとき、日本の軍隊はどうしていたのか。当時偵察機からB29を発見した日本側航空隊のパイロットが言う。「爆撃機を発見して本部に通報してから五時間の余裕があった。どうして本部は動かなかったのか」

番組の説明では、そのとき本部では北部満州でのソ連の南下行動に対して、緊急の会議を開いていたという。迎撃行動はそれと関係なく即時実行されるべきことだっただろう。もし迎撃していれば、少なくとも人口の密集した都市の真上に原爆を落とされることはなかったのではないか。

投下後にアメリカの調査隊が入ったが、悲惨な状態の被爆者に対して何も処置をしなかった。しばらくして広島の丘の上に広大な施設ができた。しかしそれは病院ではなく調査のための施設だった。被災者はカメラの前で全裸になって立たされた。見世物のごとく扱われる大人たちはもちろん、小さな子供にとってさえ恥ずかしいことだった。しかし、被爆者の酷い状況を見ながら、治療らしきことは何も行われなかった。米国の医者が告白する様に、せめて抗生物質でも与えていれば、初期症状の子供たちの多くは救えただろうというのである。

爆発の被害を調査するアメリカは、被害者や関係者に対し調査に関することは一切口外しないことを強制した。このために日本国内でさえ、実際に何が起こったのか理解されていなかった。放射線被爆の影響は、アメリカでも人体実験によって事前に知られていたらしい。アメリカが被害調査を極秘にしたことは、原爆投下が威力の実験を目的としていた証拠だと言える。

その後、アメリカのジャーナリストの著作によって被爆の実態が報道されると、慌てた米軍は急遽、「自国の国民が何百万人と殺されるか、戦争をこれで終わらせるかの二者択一だった。そして結果として戦争を終結できたのだ」という狡猾とも言える説明を流布し、その後これがアメリカだけでなく日本でさえ常識となった。

現実の状況を知らないことは、事実が歪曲されることさえ許してしまう。大体日本は原爆の開発状況を的確につかんでいたのか。戦争時の情報収集と諜報活動が如何に大事かを痛感させる。

このドキュメンタリーこそ日本だけでなく、アメリカにも世界の国々にも広報すべきものだと思う。世界の殆どの人たちは原爆投下後の実態を知らないでいる。日本でさえ、こんな大事な放送を年末の忙しいときにやっては何人が見るか分からない。大掃除に取りかかっているか、長期休暇で海外旅行の準備をしているか、とにかく朝からじっくりとこの番組を見ていた人は多くないのではないか。一時間半もある番組である。皆がじっくり見られる日曜などに、ぜひ何度も放送してほしいと思う。

中学の卒業旅行で原爆記念館を見学した私は、熱線の放射で石壁に焼き付いた被害者の影に大きなショックを受けた。地を這う犠牲者の群れの写真、焼けこげた被服、溶けて変形した腕時計などの展示にさらに大きな衝撃を受けた。

ところが不思議なことに、この残酷さを見てもなぜか相手国に対する憎悪の気持ちが湧かなかった。悔しさとか怒りの気持ちもあまりなかった。戦争の所期の目的は何であれ、その結末はこれなのだという情けなさと、人間の行為の愚かさと空しさを感じただけだった。

日本は今年G7の議長国になる。政府はこの機会にメンバー国首脳にぜひ広島を視察して貰いたいという。何を今さら、というのが国民の気持ちだが、ロシアが核使用をちらつかせる状況のなかで、首脳たちが広島に集まることは機を得ていると思う。

彼ら政治のリーダーたちも博物館と原爆ドームの遺跡を見て、原爆被害の壮絶さを想像することはできるだろう。現場にいた被害者の話に、少しは恐怖も感じられるかもしれない。この展示によって、戦争の恐怖と人間の業の深さを各国の首脳が幾らかでも認識することは非常に大事なことである。

それをきっかけとして、彼ら首脳が夫々の国民の先頭に立って、「戦争をしないための」また「戦争を早急に終わらせるための」最大の努力を尽くすことを期待したい。日本は、G7を始めとする民主主義国の強固な結束を形成する役割を果たすことが期待されている。

9－2　不揃いのユニフォーム

「駆け出しの頃、原稿にうっかり『お揃いのユニフォーム』と書いて、上司に注意された。『おい、不揃いのユニフォームがあるのか』。その通りだが、あえて〝お揃いのユニフォーム〟と書きたいときもある。

家族とは、身と心を寄せ合って「浮世の雨風に立ち向かう一つのチームだと思ってきた。姓はお揃いのユニフォームだろう。夫婦間もそうだが、子供たちが兄弟姉妹で別々の姓を持つ家族というものを想像できないでいる」と書くのは、新聞の随筆欄編集子である。

昨日夫婦別姓の可否について最高裁の判決が出された。夫婦同姓は合憲だが、再婚禁止期間が一〇〇日を超えるのは違反だと言う。先の文章は、それに対する新聞編集子の感想である。

家庭をチームに例えるのは素晴らしい発想だ。心から賛成する。しかし編集子は、その立場柄か、世論に気を使って次のように言う。

「と、書けば山ほど異論や反論が出ることは承知している。世論を二分し、司法の最上階まで行き着いた難問である」

しかし、ここに来てなぜ夫婦別姓を求めるようになったかである。

訴訟の原告側は中年の女性と女性弁護士。どういうケースで別姓が必要なのかが挙げられていないので想像するしかないが、仕事上、結婚しても元の名前を続けたいとか、世の中の流行で離婚はしたものの、世間体があって元の名前に変えにくいとか、社会保障手続きなどで結婚後の姓を使用しなければならないとか、当人には問題があるのかもしれない。

しかし、そのために、別姓が名乗れないことがおかしい、と憲法違反の訴訟に持ち込むことが妥当かどうか。何でもかんでも権利を主張する中年から若い世代の一部にある独善的な発想が見える気がする。民法は夫婦どちらかの姓を名乗ることとしていて、男女の差別をしているわけではない。また離婚後は元の名前に戻ることもできる。だから何も憲法違反だと大上段に構える意味があるのかどうか。編集子も次のように言う。

「お揃いのユニフォーム、夫婦同姓を定めた民法の規定を最高裁大法廷が『合憲』と判断した。……旧姓を通称にできる仕組みをひろげるなど、普段着をもっと着やすくする努力は引きつづき怠れまい」

つまり本人や社会の対応で解決できるということだ。むしろ夫婦で新しく築き上げた生活に自信をもち、その名前に誇りを持つ家庭が広がることを期待したい。

個人の問題を社会の問題のように持ち上げて、まるで社会に反発しようとするかのような態度は、その人の心を荒廃させ、ゆくゆくは社会の破壊にまで至らせる恐れもある。弁護士を大量生産してアメリカのように法律一辺倒の社会にしようとした試みは、結局、社会的視野のない弁護士と仕事のない弁護士をつくり、見事に失敗している。

日本には長く培われた社会の知恵がある。深い思考を持たない人は、伝統というものを直ちに封建的、抑圧的と考えてしまうことが多いが、長い間に培われた知恵は決してそういうものではない。社会と真摯に向き合ってそのことに気づくべきだろう。日本人はそういう知恵をもって見ているからこそ、法律一辺倒の先進国で起こっている問題もしっかり認識しているのだ。

これからの日本は、日本人の知恵から生まれた独自の社会方式をもって、まず不揃いのユニフォームを着る家庭をなくし、日本社会を住みやすくし、大きくは、日本のモデルをもとにして、世界の紛争を治めることに貢献できることを期待したい。

9−3　子供と親の再教育

『山びこ学校』の無着成恭さんが回答者となって続けられてきたラジオ東京（現ＴＢＳラジオ）の「全国こども電話相談室」、それが五一年の歴史に幕を閉じたと報じられた。

無着さんが「文藝春秋」に書いているその番組の一部始終を読んだ。

「目玉も鼻の穴も二つだけど、口は一つ。二つあるものと一つしかないものがあるのはなぜなんですか？」

「おらの母ちゃんはハガキ一枚書くのに苦労しているのに、どうして千年前の紫式部は長い小説をかけたの？」

など、子供からの質問には、一瞬「えっ」と驚き、「なるほどな」と感心させられるようなことが多かったと言う。子供の感覚の素直さにはこちらも驚いてしまう。

無着さんは、それを理屈だけで答えるのではなく、子供の話し方などから判断して、相手が理解できる方法で説明するのだと言う。

「神さまと仏さまとではどっちが偉いんですか」

と尋ねてきた子供には、先生であり寺の和尚さんでもある無着さんは、

「三波春夫は『お客様は神様です』と言ってコンサートにお客さんをたくさん集めたでしょう。でも、そのお客さんが減ってしまった。どうしてかと言うと、多くのお客さんは死んじゃって仏さまになったんだね。だから、仏さまの方が偉いんだよ」

と答えたと言う。正しいかどうかは別にして、一つの考え方をユーモアを混じえて示したことは面白い。

彼は記事の中で、時代の変化とともに、家で子供を躾けることをしなくなったことを指摘している。禅宗ではご飯の食べ方、座り方、あいさつの仕方など、すべての生活で決められた型があると言い、それを習い実行することの大切さを説明している。すなわち、禅宗の教えに「学・守・破・離」と言う言葉があって、まず型を学びきちんと守れるようになって初めて、その型を破り自由になることができる、ということである。型を学ばない人は「かたなし」であり、型破りにもなれないと彼は説明する。

現代社会での問題は、学校教育でしっかりと型を学んでいないことにあるという気がする。戦前の教育では型ばかりが守られて、それを破り自由に発想することが逆に

おろそかになっていた。現在では、自由でユニークな発想が求められ、個性の発揮だけが強調されて基本が抜けている。国際競争に打ち勝つために新しい発想が必要だというのだが、この意味を誤解して、なんでも勝手にやればよいという風潮が広がっているように見える。

そのわりに親たちは子供を二つも三つもの学習塾に通わせ、送り迎えに忙しい。勉強だけでなくピアノやバレエも習わせている。そこでは何でも勝手にとはいかないだろう。むしろ教育の基礎を学んでいるのだ。

ところが大人が基礎を学んでいないと思われるケースがある。その一例は、日頃目にする建物や橋などの銘板に書かれた筆書きだ。政治家や有名人が書いていることが多いが、お粗末な字が堂々と掲げられているのに驚く。よくぞそんな字を恥もなく掲げるものだと、嘆かわしく思ったりする。書のうまい漢字国から訪れる客も多いのだ。恥ずかしくない程度にしたい。

学校で少しは書道を習ったと思うが、明らかに書の基礎が徹底しているとは思えない。最近の学校ではしっかり書道を習っている生徒は多いが、比較的古い時代の人に問題があるように思える。基礎があって初めて個性ある書にも発展させることができるのだが、それがよく分かっていないようだ。筆書きを頼んだ相手がエライ人だったりユーメイ人だったりするから、頼んだ方が書に文句はつけられない。かくして、どうかと思われる字が公の眼に曝される。この事態を書の専門家たちはどう見ているのだろうか。

ピカソの抽象画にはまるで子供が描いたかと思われるようなものがある。しかしその絵も、元はと言えば具象的な緻密なデッサンから出発している。彼は頭の中にある具象の世界を新しい発想でぶち破って、斬新な作品に表現しているのだ。

味のある個性的な作品とは、基礎に拠りながら、それを外すところから出てくるもので、気ままに描くこととは異なる。禅の「学・守・破・離」（学んで守り、それを破って自由となる）の意味を学び直すことが必要だと思う。

芸術であれ技術であれ、基礎ができているのといないのとでは、できるコト（事）とできるモノ（物）の出来栄えは大きく違ってくる。最近の世代ではその違いさえ認識しない者が多いようだ。元を知らないからだ。個性を強調するあまり、本来学ぶべき伝統や基礎を軽視した結果だ。社会はこの状況を真摯に戒めるべきだと思う。

銘板に字を書くような立場にある人は、自分の字が社会の伝統から認められる範疇のものか否かを認識できなければならない。その認識もたずに下手な書を曝せば

「恥知らず」と言われても仕方がない。

最近の社会では恥知らずの方が堂々とまかり通っているようにさえ見える。だから親が子供のしつけもできない。

禅宗の「学・守・破・離」の教えで、すでに現代社会の生活と文化に対する厳しい戒めが示されているのだ。


もう一つ、若い世代の人たちに自覚してもらいたいことがある。

いつか、「保育園落ちた。日本死ね」とSNSか何かに投稿した人がいた。発言を正確には覚えていないが、「日本死ね」などということを日本人である投稿者がどうして言えるのか。この無責任な言葉には皆がショックを受けた。またマスコミがこの発言を、コメントも批判もつけずに流してしまうことがもう一つのショックである。発言者は社会がどうして成り立っているのかを認識していないのではないか。社会を作っているのは、彼女を含めた個人であり、その集合体が自治体であり国である。いろいろな福祉制度も個人の集まりが考え、代表が決め、実施している。言い換えれば、日本という自分たちの社会があればこそ、幼児の支援制度の恩恵も受けられるのだ。たまたま自分の家族がそのサービスを受けられないからといって、日本死ね、とは言えないだろう。日本が死ねばサービスも無くなる。自分の生活そのものが無くなるのだ。

不満の大きさに、つい極言したくなったのだろうが、言っていいことと悪いことがある。また権利を求めるには、それに応じた義務を果たしていなければならない。税金を納めることはその一つである。社会を形づくる多数の人々は分かっていることだが、現状を見ると、「発言の影響と責任」をもう一度考え直すことが大事だと思う。SNSなどで簡単に自分の感情をはき出してしまう人たちに、そのことを訴えたい。

9－4　瞑想の場

瞑想の場

ある仏壇店に製作を依頼していた仏壇がやっと納入された。

「やっと」ということは、ずっと以前、十数年も前から仏壇を置きたいと考え、検討を始めていたが、いよいよ本気で検討し、発注してからも納入までに一年以上がかかるという長い時間が経過していたからである。

もともと私は仏壇を持つことは大事なことだと思っていた。

花を活け、香を焚き、経を読んで仏への帰依を表し、同時に祖先を敬う、その場所として仏壇は必要なのだ。仏壇は浄土と俗世をつなぐ場所であり、その中で勤行を通じて仏と対話し、瞑想と祈願を行う。人間が、生きる苦悩を背負った存在として、救済を求めて祈ることは必然のことだろう。また一日、一時を無事安泰に過ごせることに、感謝の気持ちを捧げることも大事である。

ちなみに世界政治を担う国際連合の本部の中にも、瞑想室が設けられているという。重大な責任を担う者は、より大きな苦悩を背負う。重大な決断を出すために、英知をこらし瞑想を重ね、採るべき道の正しさを祈願することは必然と言える。

その重要性と必要性を個人がどれだけ身に染みて感じるかは、負っている苦悩の度合いによるとも言えるだろう。


ともかく自分はそういう瞑想と祈りの場を持たなければと考えていた。

ところが独身時代には海外駐在していて、任地はイスラムの世界、帰国すれば独身社宅。仏壇をおく空間もない。ただ心の中で念仏を唱えるしかなかった。

結婚してから家族用社宅に入った。目黒の公園に面した静かでいい住まいだったのだが、コンパクトな2LDKは子供ができるとすぐに狭くなった。いつまでも社宅住まいではいけないと思い、遂に新築マンションを購入した。近くには懐かしい昔の会社の独身寮があった。

ところがその二年後、私は国連機関に転身することとなり、スイス、ジュネーヴに移住した。海外在住では仏壇どころではなくなった。国から国へと転任もあり、とても仏壇を迎える状況ではない。家族とともに一六年の勤務を経て帰国すると、事情があって義弟の家に住むことになった。後にその家を買い取ることになるが、そこには妻側の宗派である曹洞宗の仏壇があった。

自分の宗派は浄土真宗。仏壇の様式は金仏壇である。込み入った構造の全面金張りの須弥壇があって、唐木造りの禅宗の仏壇とは全く違った風情のものである。

義弟が川崎に家を建てたため、この仏壇を引っ越した。そして私はやっと自分の浄土真宗の仏壇を置くことができるようになったのだ。

あちこちの仏壇店で金仏壇、唐木仏壇、家具調仏壇といろいろ比較検討し、インターネット上のサイトもくまなくチェックしたが、「帯に短し、たすきに長し」で、これぞというものに出合うことがなかった。建物が近代化する中で金仏壇はあまりに遊離して落ち着かないように思われ、かと言って家具調のモダン仏壇には奥深さや神々しさというものがない。

仏壇の製作

ある日、阿佐ヶ谷の店舗に展示されていた一つの唐木のモデルが目を捕らえた。中央上部には精細な彫り物をほどこした宮殿が浮かび、小さいながら奥行きを感じる。しかしサイズが小さく、彫り物などに統一性がないことに難点があった。女性店長にその話をすると、彼女は本社の製作部長に連絡をとった。

別の日、出張してきた部長と打ち合わせ、対象の唐木仏壇をベースとして、全体のサイズを2号分拡大することを求めた。部長によると、この仏壇は日本の設計を基にインドネシアで造らせたものだと言う。欄干や破風の彫り物が素晴らしい。インドネシアには木彫の伝統技術があり、現地の神ガルーダの彫り物など素晴らしいものがある。一方日本ではだんだん彫り物職人がいなくなっている。

内部の構造、材質、各部の彫り物などの変更点を具体的に指示すると、部長は製作部で新しく設計図を作成して、インドネシアの工場で製作することに同意した。見積りでは展示されているものよりコストが倍近くになるが止むを得ない。それよりも、自分が心を落ち着けて思索し、祈りを捧げる場として申し分のないものが欲しかった。

昨年一一月に発注したものが、予定より一カ月遅れて四月に店舗に到着。店に出向いてこれをチェックしたところ、いくつかの難点が見つかった。一つは宮殿の大屋根の反りが出来ていないこと、正面の破風が不自然に下向きに付けられていることなどかなり重要なことだった。

最初から部長自身がわざわざ現地に飛んで打ち合わせをやったというのに、なぜか設計通りに製作されていない。宮殿については、その部分が出来上がったところで確認の写真を送らせることになっていたが、実際にはそれを送ってこなかった。途上国で物を作らせることは行き違いも多く、決して容易なことではない。現地には日本人の専門家が送られていてもこれなのだ。

しかし今更事情説明を聞いても仕方がない。これを今から修正するとしても果たして可能なものかどうか。部長は当方の主張を聞き、責任をもって輸入元の店に送り返し、出来るだけの改修をすることを約束した。

それが出来てきたのが一〇日ほど前。

店舗で再度チェックすると、大屋根の張りと破風の傾きなど大きな点は修正されていた。奥面の壁の金張りが指定の風合いと違っていたが、それは受け入れるとしても、また重大な問題を発見した。上段の床板が須弥壇の柱部分で下がっていることだ。本尊を安置する中央の空間は平面だが、左右の床が中央に向かって下がっている。測ってみるとその勾配は二〇センチに対し一、二ミリ。微細な差にみえるが、位牌などを置くと、頭が中央部に向かってわずかに傾くのだ。

このことを指摘するとさすがの部長も顔を曇らせて思案した。

これはもともと現地で製造時に起こっていたものか、あるいは今回改修したことによって起こったものか、今となっては見当がつかない。部長によれば、これを調整するために再び部材を取り外すとなると、全体に歪みが出るなど状態を悪くして収拾がつかなくなる恐れがあると言う。

しかし当方としては不完全なものを受け取るわけにいかない。指定した修正とは別の基本的な問題であり、できなければ契約をキャンセルすることも可能である。実際、製作部長は責任を感じてそれも覚悟した。しかし困るのはこちら側でもある。ここまで時間をかけてやってきたものが無駄になることは避けたいと思った。

調整は必要だと言う当方の主張に対し、部長は現場の責任者と電話で長々とやり合った。結果は出なかった。もちろん経費の問題もあれば、全体のバランスを壊しかねない問題もある。

私は腹をくくった。どうせ人間が作ったもの。こんな繊細なものを遠い途上国で作ることが容易ではないことがわかっている。黒檀の部材でがっちり組み込まれた仏壇は年月が経っても歪みや変形が出ることはないだろうし、床の一部の少々の傾きは置物の足で調整する方法もある。それよりもこれ程の繊細な物を、よくぞ途上国の職人が作ったことを褒めるべきだろう。そう判断して、私は製品を受け取ることにした。

そして今日の納入である。朝から二台の車で店の女性店長と二人の男性店員が、厳重に包装された荷を、あらかじめ改装していたわが家の仏間に運び入れた。上下二段に分割された仏壇を、慎重に配置を決めレベルを計って設置した。

がっしりとした黒檀の扉と、繊細な組み細工の障子扉を開くと、奥面の金箔張りの背景に、黒光りした黒檀の吊り宮殿が下がっている。その上には格天井が立ち上がり、精細なつくりの枡の一つひとつに金地に緑青の紋様が描きこまれている。

下段から中段、須弥壇と、三段の高みには分厚い黒檀の床があり、最上階には繊細に彫り込まれた宝相華の欄干が張り出している。

本尊を安置し宗祖や祖先の軸を配置する場所として、申し分のない空間である。仏壇の内部を見上げ、私は安堵の気持ちに浸った。やっと心を落ち着かせる瞑想と祈りの場ができたのである。

開眼法要

仏壇が搬入され、別途購入した本尊を祀ったが、それだけでは礼拝の対象にならない。やはり開眼法要を行い、仏に魂が入れられることによって初めて拝む気持ちが出てくる。ちょうど郷里、長浜の浄土真宗念相寺の住職が所要あって上京するというので開眼法要を依頼した。小生から言えば甥にあたる彼は、八年前、逝去した兄釈霊照の後を継いで念相寺住職となった。

仏間に参集した家族は、施主の私に続いて順次仏前に焼香した。住職はわが宗派の様式と異なる黒檀の仏壇をまじまじと見て、これまた宗派の様式と異なる後背をもった阿弥陀如来立像を拝み、自分を納得させる様子で焼香し、勤行を始めた。

かかる真宗の法事では、「帰命無量寿如来」の言葉ではじまる『正信偈』の読経を行う。信者は大体誰もが唱えることができる。しかし開眼法要として読まれるのは、浄土を表す『阿弥陀経』である。住職が鈴（りん）を打ち、厳かに読経を始めた。自分もこれに和して読経する。寺院に生まれた者として得度は受けているが、何十年もろくに声に出して読んだことのない経である。読み方がおぼつかない。訥々としながらも何とか無事これを終え、和讃を唱和し、勤行を終えた。

その後に控えるのは茶会である。昔に調達した茶道具を久しぶりに手入れして茶席に備えた。

皆の待つ仏間のふすまを静かに開き、日頃やや粗雑な妻が畳に両手をついてしとやかに一礼し、釜に寄って一服の茶を点てた。主客である住職に差し出すと、彼は茶碗を受け取り、丁寧に三回まわして一服した。そして順に茶碗を皆に回していく。本当は茶碗を愛で、掛け軸を見るのだが、それはとっくに忘れている。皆は静かに茶を服した後、仏壇の事、経の事、祖先の事などを静かに話し合った。

この静かなゆったりした会席の雰囲気こそ、長年自分が求めてきたものである。庭に咲く大玉の白い紫陽花が、微笑むようにこの席を見つめている。

人生の「一期一会」、大事な一時である。

9−5　日本に期待される役割

ウクライナ戦争

ロシアがウクライナに侵攻して一年三カ月が過ぎた。頭の整理のため、今までの経緯を振り返ってみる。

この戦いで当初からロシアが失敗に陥ったのは、アメリカによる機密情報の暴露に依るところが大きい。アメリカの諜報機関は、ロシアが画策するウクライナ侵入の手順を含む機密情報を取得し、これをバイデン大統領が世界のマスコミを通じて暴露した。

その情報によれば、ロシアは予めウクライナ東部にスパイを侵入させ、東部住民がロシアに救援を求めているように見せかけていることなど、綿密に練り上げた驚くべきストーリーを含んでいる。そしてプーチン大統領は東部の親ロシア地域に世界に認められていない四つの共和国をつくり、これを承認した。そして迫害を受けていることれらの国を保護するためとして、ウクライナ領内に侵攻した。作戦は、ウクライナの首都と主要都市を掌握し、親ロシアの政権を擁立することを目的にしていた。

実際にこの作戦は成功しなかったが、世界はロシアのこの狡猾なやり方に怒り、関係政府だけでなく、世界中の市民がウクライナ支持、戦争反対に回った。

その後両国の停戦交渉は行われたが、ウクライナがその中立化とロシア占領地の承認というロシアの一方的要求をはねつけ、妥協には至っていない。戦争が長引き、プーチンも焦りを見せて一時停戦を言いだした。ウクライナは拒否したが、ロシアはロシア正教のクリスマスとなる二〇二三年一月に一方的に限定的停戦を行った。

ウクライナ大統領のゼレンスキーは、俳優出身とあって、当初から持ち前の説得力をもって、あらゆるマスコミを通じてロシアの陰謀を世界に伝えるとともに、この戦いが西側の民主主義を守る戦いであることを強調し、武器支援を訴えてきた。

ゼレンスキーは二〇二二年一二月、オンラインで日本の国会で演説を行った。彼は今回の事態で国連が機能しなかったことに触れ、

「どんな侵略行為に対しても予防的に機能する新たな安全保障体制が必要だ。そのために日本のリーダーシップが不可欠だ」と述べた。

日本から軍事的な支援を受けることが難しいことを念頭において、新たな安全保障体制をつくる必要性と、それについての日本の役割に期待する考えを示したものだ。

ゼレンスキー大統領はＮＡＴＯ（北大西洋条約機構）諸国とアメリカに、ウクライナ上空の飛行禁止区域の設置と戦闘機の供与を訴えたが、この要請に対して、アメリカやＮＡＴＯ諸国は応じていない。飛行禁止区域の設置とは、戦闘機をウクライナ領空に派遣し、ウクライナ側にたってロシアと戦うことになり、それが第三次世界大戦の引き金となる恐れがある。それを危惧するがゆえに、ＮＡＴＯ諸国は部隊や戦闘機などの派遣はせず、武器や装備を支援するという一線にとどめている。

大戦の拡大を避けるためには事態をエスカレートさせないことが必要であり、停戦に向けた外交交渉で解決を図ることが重要になっている。

西側のマスコミによれば、プーチン政権は今度の戦争で大きな過ちを犯した。

二〇一四年のクリミアの併合の経験から、ウクライナ側の抵抗を甘く見ていたこと、プーチンの掲げた軍事侵攻の目的は世界だけでなくロシアの兵隊にさえ理解しづらいものであったこと、このため、ロシア軍の士気が高くないこと、また、ロシアは制空権を完全に掌握できず、補給線が伸び、兵站が十分行き渡っていないこと、などが指摘されている。

二度と戦争を起こさないことを誓い、地域の統合を推し進めてきたヨーロッパにとって、ロシアのウクライナ侵攻はまさに大戦前に引き戻されるような悪夢だったと言う。冷戦終結後の秩序が揺らぎ、今、各国は安全保障体制の見直しを迫られている。

ロシアがウクライナに侵攻した直後、ドイツのショルツ首相は、「力で法を破って良いのか、プーチンに時計の針を一九世紀に戻させて良いのか。自由と民主主義を守るために安全保障にもっと投資しなくてはならない」とメディアに強く反応している。

プーチンを「戦争屋」、「恥さらし」などとこきおろし、侵攻直前までロシアとの対話を重視していたショルツ首相のものと思えない言葉を、多くの人が驚きをもって受け止めた。ロシアの侵攻は、平和的話し合いを求めていたショルツへの侮辱にもなるからだろう。

ショルツは、最新かつ最先端の能力を持つ連邦軍をめざし、いかなる前提もつけずNATOの防衛義務を守ると強調した。

世界秩序を壊すプーチンを、EU諸国はじめ世界中が批判し、力によって領土を広げ権力を拡大しようとする動きに強力に反対を表明している。しかし第三次世界大戦を回避するため、今EUはロシアに直接対決することを避けている。過去を反省し、戦争を拡大させない配慮がなされていることは、人類の進歩であり、注目すべきことだと思う。ロシアは核兵器の使用をちらつかせているが、西側が過去の相次ぐ過ちを踏まえ自重している。人類が新しい方向に向かっている証拠だとも言え、頼もしく思える。

そこを考えてだろう、ゼレンスキー大統領は「どんな侵略行為に対しても予防的に機能する新たな安全保障体制」が必要であることを訴える。

まさにそういう体制こそ必要なのだが、例によって最終的に常任理事国の拒否権がからむ。

国連の中で新しい体制を作り上げるには全メンバー国のマジョリティの賛成が必要

であり、いろいろな地域と機関でコンセンサスをまとめていくことである。先進国を中心とするG7、中進国を加えたG20、グローバル・サウスと呼ばれる南半球の国々などの集まりが夫々に意見を集約していかなければならないだろう。

極東の問題

中国は自国中心の「一帯一路」政策に問題が指摘され、台湾併合でも難点をもっている。またロシアは戦争による拡大主義が民主主義陣営の壁にぶつかっている。常任理事国自体が問題を起こしているのだ。国連の新しい安全保障体制はこれらの紛争の〈戦争化〉を防止するものでなければならず、合意までの道のりは長く相当難しい。

極東においては、台湾併合を狙う中国が状況を慎重に見守っている。そこにアメリカ下院議長が訪台し一挙に緊張を高めた。

アメリカはまた、中国の台湾侵攻に備えて日本と韓国との軍事協力を進めている。しかしASEANその他の東南アジア関係国は、この地域にはウクライナのような状況をつくらず、話し合いの中で地域の安定を維持したいと考えている。従って日本には国連や国際社会において、〈戦争回避〉の動きをつくることが期待されている。

一方、中国がすでにグローバル・セキュリティ（世界の安全保障）のイニシアティブを取ると旗を上げている。アメリカは世界の一二七カ国を招いて民主主義国会議を開いた。

今年、非常任理事国を含む安全保障理事会の議長として働いた日本は、国連の新しい体制をどう作っていくのか。大国ではなく、多くの国々と平和的な関係を維持する日本こそ、全体の調整役を期待されているのだと思う。未だ国の対応が見えてこないが、国および社会の真剣な対応が待たれている。

G7の成果

戦争のさ中にG7の会合が開催されるということ。その戦争の当事国がロシアという大国で、国連の常任理事国であるということ。それも原爆の最初の被災国である日本の広島で開催されるということなど、これほど複雑な状況で国際会議が開かれるということはおそらく未曽有のことである。

G7メンバー国のリーダーたちとEU代表は原爆博物館を視察し、揃って原爆記念碑に花を捧げた。原爆を投下したアメリカの現大統領も、他のリーダーとともに、被爆者への祈りを捧げたことは特記すべきことだと思う。核兵器の使用禁止をバイデン大統領を交えて討議されたことは注目される。

一方課題も山積した。

今回の会議で、「核兵器のない世界という究極の目標に向けて、軍縮・不拡散の取り組みを維持・強化する」。

また国際の平和をめざし、「世界のいかなる場所においても、領域を変更する試みに強く反対する」。

また、「法の支配に基づく自由で開かれた国際秩序を堅持・強化する」との宣言を参加国全メンバーで一致して発信できたことは、今後のために大きな指標となるだろう。

これらの会議で、ウクライナが日本に期待した国連への提案が討議されたかどうか、殆ど形跡が見えなかった。国連の制度を見直し、改革することは簡単ではないゆえ、充分な討議や準備をもって提案することが求められるが、今回の会議で、その方向だけでも示すことができれば良かったと思う。

おわりに

シニアとはすべての務めを終え、終末に至る人々と捉えられがちだが、どうしてどうして実際には現業に従事している人たちから、退職して社会活動をする人、終末に近い人たちまで幅広い世代が含まれる。

そのうちには、「ああ、あの人も亡き人となったか。この人も……」と、時代を背負ってきた人たちの最後を知り、業績や人柄を偲ぶことも多いが、期待される平均寿命も年々延びて、これで最後かも、と考えていた人たちがなお生きながらえる時代である。

それほどに与えられた長い人生を、これからどう生きていくかを、人々はより真剣に考え、行動しなければならないと思う。世の中に欠如していく「思いやりの心」を、自分はもちろん、シニアも若い世代も含めて、培っていきたいことである。

終末に近いシニアの心にあるのは、自分たちの亡き後に、希望のある安定した世の中が続くことだと思う。それが無くてはグランド・シニアたる者も死にきれない。

今や世界中に反戦の精神が浸透し、戦争抑止の運動が起こっているというのに、人類の中に、またまたロシアのウクライナ侵攻とハマス・イスラエル抗争の虐殺と破壊が起きる。世界はその事態に驚き、いら立ちを覚える。紛争の種は世界あちこちに燻っているのだ。二度の世界大戦を経て何とか辿りついた平和の世界も、歴史が残した歪がいくつもある。新しく生まれた専制主義の国が犯す覇権の争いもある。民主主義国は一致してこれらに対抗し、無駄で悲惨な戦いの即刻停止に働かなければならない。

問題は戦争だけではない。人類が開発によって破壊してきた自然が今や人類の脅威となっている。世界は一丸となってこれらの課題を解決し、地球の平和と環境を取り戻し、より良い世界を築いていかなければならない。まさに国連ＳＤＧｓの示すところだ。それこそが人類の本当の進歩である。人類の育む英知が、平和と幸福という目的に限りなく近づけていくことを期待したい。

世界は経済成長率を最終目標のように考えるが、それによって生まれる不平等や不満をどうするのか。問題を認識する国でも常に対策は不十分であり、認識しない国ではすぐにも暴動や戦争にも繋がる。成長以上に大事なことは「人々の幸福」である。ブータン国を見習うべし。すべての国の政策が人々の幸福を最優先におき、それを希求し努力すれば、世界は大きく変わるだろう。一刻も無駄にせず、粘り強く真剣に、遠大な道を進まなければならない。

本書を手に取って頂いた方、最後まで読んで頂いた方に、お礼を申し上げます。
また出版を強く推挙頂いた文芸社と、発行まで協力頂いた同社の今井周さんほかスタッフの皆さんに感謝します。

「シニアの退屈日記」を読んで

中村　守
（元フジテレビ取締役報道局長）

本著には、ビジネスマンから国際公務員、退職後はシニア海外ボランティアとして世界各地で、いろいろな立場で活動してきた著者の発想と分析が現れていて、刺激的で面白い。

退屈日記とあるので気楽に読んでいたら、いつか社会や文化、政治の真面目な話題に進み、国内外のいろいろな問題を自由奔放に論説、論評している。これは少し題名と様子が違うぞと思うと、所々に著者のプライベートな話題も入っていて気が和む。

著者が今までに記（しる）してきた日記から、心に残る話題や大事なテーマを取り上げて書いたエッセーだから話題もあちこちに飛ぶ。論評なども大上段に構えるものではなく、シニアとしての深い穏やかな言葉で表されていて、肩のこるようなものではない。

「一足先に引退した者として、自分の生活や考えをさらして、定年後を考える人、あるいはすでに定年後を過ごしている人たちと、心情や考えを分かち合いたい」と言う著者の意図と気持ちは、同年輩のシニアとして、心から賛同できるものである。「何もしない日々は驚くほど早く過ぎる。そしていとも簡単に無為の生活に陥ってしまう」と自分の経験をもとに、すでに一線を退いたシニア、またはこれから退職を向かえるシニアに警鐘を鳴らすとともに、「生業のしがらみから解放され自由になった今こそ、シニアの社会経験、職業能力を世の中に活かして、充実した生活を過ごしてもらいたい」という著者のシニアに対するエールを感じることができる。

本著の副題にある「日々を強く生きるために」のヒントになるようなことを、著者は自分に蓄積されている知識と経験を惜しみなく開示している。海外との協力と友好を目的とする自身のNGOとメンバーの取り組みや、ウクライナへの侵攻をもたらしたプーチンの人柄、近隣の国々との外交・防衛問題の考察、精神性が失われつつある日本社会への危惧など、大事な問題を取り上げていて、ジャーナリズムで働いた人間として、私はこれらの話題を強い関心をもって読んだ。

テレビ局で、社会や世界の動きを報道活動として見てきた自分として、ビジネスや国際機関、海外ボランティアなどの現場から見た世界観は違った意味で興味をひかれる。またいくつかの章で仏教的な思考が開示されているが、それは著者の出自からくるところだろうと思う。仏教の教えを顧みることは、混沌とする現在の社会情勢では特に必要なことだと思う。

著者と私は高校時代の同窓生である。大学卒業後はそれぞれの仕事に忙殺され、海外勤務もありで、あまり顔を合わせて話し合う機会はなかったが、退職後は、郷里で開かれる同窓会などに連れだって参加し、新幹線の車中や現地での酒席などで大いに話し合うことがある。春秋に開催する同窓のゴルフコンペでは、七十歳でも八十歳でも元気にプレーする仲間たちはキャディを驚かせ、他のシニア仲間からも羨ましがられている。

ただ戦中戦後の苦しい時代を生きてきた世代として、日本がより生きがいのある確かな国になってほしいという気持ちと、それを現在の社会に訴えたいという気持ちは多くのシニアが心に抱いていることである。

本著の話題はシニア世代だけでなく、若い世代にも知っておくべき事柄である。現場を生き生きと伝える著書は私だけでなく、多くのシニアや現役で働く人々に共感を与え、元気を与えてくれることと思う。

二〇二三年七月

著者プロフィール

千田 享（ちだ すすむ）

1938年、滋賀県長浜市生まれ。大阪外国語大学（現大阪大学）外国語学部フランス語学科卒業。航空、貿易及びエンジニアリング部門で19年間勤務。主として発展途上国との取引を通じて開発に協力。1968年、アルジェーに駐在、北アフリカ地域の取引に従事。1981年、国連機関WHOに転身。ジュネーヴ本部勤務、その後マニラ西太平洋地域事務局、シンガポール代表事務所、フィージー南太平洋地域事務所にて16年間、代表行政官として活動。途上国政府と協働し感染症対策を含む予防衛生、衛生教育、衛生行政の改善に協力。退職後、大学医学部の国際協力事業に参画。1999年、シニア海外ボランティアとして国際協力機関JICAのボランティア事業に参画。調整と統括に従事。

2007年、海外ボランティア経験者らとともに、NGO、海外ボランティア活動支援会―OVASを設立、対外協力活動と交流を推進している。

著作に、国連大学協賛論文「国連改革と日本の役割」1987年（佐藤栄作平和記念財団賞受賞）、小説『サイクロンー自然の断罪』1998年　双葉社（出版大賞）、ノンフィクション『我らシニアマタハリ（炎熱の太陽）の下でーシニア海外ボランティア奮闘記』2004年　碧天舍、などがある。

シニアの退屈日記　―日々を強く生きるために

2024年２月15日　初版第１刷発行

著　者　千田 享
発行者　瓜谷 綱延
発行所　株式会社文芸社
〒160-0022　東京都新宿区新宿1－10－1
電話　03-5369-3060（代表）
03-5369-2299（販売）

印　刷　株式会社文芸社
製本所　株式会社MOTOMURA

©CHIDA Susumu 2024 Printed in Japan
乱丁本・落丁本はお手数ですが小社販売部宛にお送りください。
送料小社負担にてお取り替えいたします。
本書の一部、あるいは全部を無断で複写・複製・転載・放映、データ配信することは、法律で認められた場合を除き、著作権の侵害となります。

ISBN978-4-286-24277-4　　JASRAC　出2306889－301